DU WIRST
AN MICH DENKEN

Über das Buch

Der Roman erschien erstmals 1989 im Benziger Verlag, Zürich, unter dem Titel «Der 4. Kranz», später (2004) unter dem gleichnamigen Titel als Taschenbuch bei Bastei Lübbe.
Die hier vorliegende Ausgabe wurde nochmals vom Autor redigiert und einem Korrektorat unterzogen. Diese neue Ausgabe erscheint unter dem ursprünglichen Autorentitel «Du wirst an mich denken.»
Der Roman wurde unter dem Titel «Lukas lässt grüssen» (1988) verfilmt. Verfilmt mit Margaret Mazzantini, Vladim Glowna (1941 – 2002), Gabriele Gori.

Der Autor

Claude Cueni schrieb über 50 Film- und TV Drehbücher (u.a. Tatort, Eurocops, Peter Strohm, Der Clown, Cobra 11 – Die Autobahnpolizei), die mittlerweile in über 140 Ländern ausgestrahlt wurden.
Er schrieb Theaterstücke, Hörspiele und diverse historische Romane.
Sein No.1 Bestseller „Das Grosse Spiel" (Heyne) über den Papiergelderfinder John Law wurde in 13 Sprachen übersetzt.
Zuletzt (2014) erschien der Bestseller „Script Avenue", ein autobiographischer Roman von 640 Seiten.
www.cueni.ch

Claude Cueni

DU WIRST
AN MICH DENKEN

ROMAN

SCRIPT AVENUE
PUBLISHING

Gestaltung: Dominic Wilhelm, Haka, Zürich
Herstellung: Andreas Seebeck, Lohne, Deutschland
ISBN 978 3 952 4165 0 1 Print
ISBN 978 3 952 4165 1 8 E-Book
www.scriptavenue.ch

1

Es war, als hätte soeben eine glühende Nadel seinen Körper durchbohrt. Marcel Jakobi strauchelte, starrte auf den Racheengel über ihm. Er spürte, wie er langsam das Gleichgewicht verlor. Schützend hielt er die Hände vor sein Gesicht. Die zweite Kugel warf ihn zu Boden. Sein Kopf schlug auf das eiskalte Gestein. Jakobi spürte eine große Hitze, sein Körper schien in Flammen aufzugehen. Er wusste nicht, ob es ihm galt, dieses erneute Mündungsfeuer. Marcel Jakobi hatte nur noch einen Gedanken: die Blumenfrau. Er hatte sie nie geküsst, hatte ihr nie gesagt, wie sehr er sie liebte, und es ärgerte ihn. Er wollte aufstehen, wegfliegen, aber sein Körper blieb wie ein Klumpen Blei liegen, und im Sterben sah er ein letztes Mal die Blumenfrau. Und küsste sie.

Dabei hatte alles so schön angefangen, damals, in jener kalten Novembernacht am schmuddeligen Schnellimbissstand in der Bahnhofsunterführung. Marcel Jakobi war gerade fünfundzwanzig geworden. Wie jeden Abend saß er um Mitternacht auf seinem roten Hocker und trank ein Bier. Sein blauer Overall war mit Maschinenfett beschmiert. Die letzten Nächte hatte er an den Fließbändern der Paketpost gearbeitet. Heute hatte er Schicht auf dem Bahnhof SBB. In zehn Minuten würde der Regionalzug aus Pratteln einfahren und diese sperrigen Pakete vom Modehaus Spengler bringen, an denen man sich die Hände wund schnitt. Jakobi hasste diesen Schnellimbiss. Er hasste den Geruch von abgestandenem Pommes-frites-Öl, die aufgeplatzten Würste auf dem glühenden Grill. Er verfluchte den beissenden Wind, der von den Bahnsteigen in die Unterführung blies und nach Ruß, billigem Rotwein und kaltem Urin stank, als würden selbst die schweren Lokomotiven auf den Perrons saufen, um die eisige Kälte zu überstehen.

An jenem Abend bestellte sich Jakobi ein zweites Bier. Er hatte sie alle satt, die alten Männer, die sich zwischen zehn Uhr abends und drei Uhr morgens im Schnellimbiss den Brustkorb mit Zeitungspapier vollstopften und ihre Geschichten erzählten, über zu spät eingelöste Lottoscheine mit sechs richtigen Zahlen und über die genialen Erfindungen, die man ihnen in der Ausnüchterungszelle auf dem Claraposten gestohlen hatte. Sie hatten alle mal wie Jakobi angefangen, als Packer, und obwohl die Bahnhofsverwaltung sie längst zum Teufel gejagt hatte, standen sie immer noch da, als müssten sie auf den letzten Güterzug aus Pratteln warten.

Jakobi wusste, dass irgendetwas sein Leben verändern musste, sonst würde er wie die Männer mit der ausgestopften Brust enden. Er wollte nicht so werden wie sie. Er hatte Angst vor ihnen. Manchmal mied er jeden Augenkontakt, als könnte bereits ein Blick ihn verhexen und für immer in der Bahnhofsunterführung festhalten. Jakobi wollte aufstehen und sein Leben verändern. Er wollte alles richtig machen. Schließlich bestellte er sich eine Flasche Bier. Eigentlich hätte er jetzt arbeiten müssen. Auf Perron acht war der Güterzug aus Pratteln eingefahren. Jakobi blieb jedoch sitzen und musterte die junge Frau im schwarzen Cape, die soeben den Schnellimbiss betrat. Sie war verhüllt wie die stummen Gestalten, die hinter ihren Schlummerbechern saßen und sie lauernd beobachteten. Das lange schwarze Haar hatte sie zu einem Zopf zusammengeflochten. Sie setzte sich auf einen der ausgefransten Hocker. Nur einmal warf sie den Kopf zurück. Der schwarze Schal glitt über ihre Nasenspitze. Marcel Jakobi sah ihr Gesicht, die ihn an die Göttin Fortuna erinnerte, er beobachtete ihre Lippen, wenn sie an ihrem Zweier Dôle nippte. Dann sah er ihre Augen. Sie schienen zu sagen: Ich bin unbesiegbar, aber ich habe Sehnsucht. Als er sich erhob und zu ihrem Tisch hinüberging, sah er durch sie hindurch, wie durch ein Loch in einer Mauer, und erschrak.

In jener Nacht war es eigentlich um ihn geschehen, war die Geschichte Marcel Jakobis bereits zu Ende geschrieben. Jakobi hatte genau gewusst, worauf er sich einließ, doch er hatte sie begehrt und sie ihn, und von diesem Augenblick an hatte es keinen Ausweg mehr gegeben. Jakobis Leben hatte sich mit einem Schlag verändert.

Sie hieß Clairette Leutwyler, wohnte in einer engen Mansarde mitten in der Stadt und studierte an der Universität Wirtschaftswissenschaften. Nebenbei arbeitete sie im Treuhandbüro ihres Vaters. Sie sprach nicht gerne über ihn (die Mutter zählte nicht). Ihr Vater war der berühmte Leutwyler, Inhaber der international renommierten Treuhand-und-Beratungs-AG Leutwyler. Doch je mehr sie von ihm verschwieg, desto stärker wurde in Marcel Jakobi der Wunsch, mehr über diesen Mann zu erfahren und ihn bald kennen zu lernen. Leutwyler verkörperte Geld, Macht und Einfluss. Mouton Rothschild, der Geruch von schnaubenden Araberhengsten und frisch geschnittene Golfplätze gehörten zu seiner Welt. Marcel Jakobi hingegen litt darunter, dass er nichts verkörperte. Deshalb wollte er Leutwyler gegenüberstehen, ein bisschen von seiner Luft einatmen, sich mit ihm messen, ihm beweisen, dass er eben doch kein Nobody war. In seiner Phantasie stellte er sich vor, wie der einflussreiche Finanzmann Leutwyler ihm ein lukratives Angebot offerierte. Jakobi wollte es ablehnen. Am liebsten bei einem Glas Chivas Regal im achten Stockwerk von Leutwylers Finanzpalast oder am Cheminée, ganz privat, und der Grand Old Man der Finanzwelt sollte ihm dabei ansehen, dass er mit seiner Tochter schlief. Jakobi würde ein T-Shirt anziehen, damit Leutwyler die zahlreichen Knutschflecken am Hals sehen könnte...

Aber Clairette dachte nicht daran, ein Treffen zu arrangieren. Vielleicht scheute sie den Konflikt. Sie wusste, dass ihr Vater einen Bahnhofsarbeiter, der Cambridge mit Camembert verwechselte, ablehnen würde. Umso überraschter war sie, als ihr Vater ein Treffen übers Wochenende vorschlug. Irgendwo im jurassischen Niemandsland. Er hatte eine Karte beigelegt. Clairette holte ihren roten Sportwagen aus der Garage und fuhr mit Jakobi zum Col des Rangiers hinauf. Das Autoradio plärrte «Once On A Sunday Morning» und «Call Me Number One». Clairettes Schal flatterte im Wind. Unter der dunklen Sonnenbrille formten sich die bordeauxroten

Lippen zu einem Kuss. Sie fuhr sehr schnell, aber sicher den Pass hinauf. Es schien so, als könne keine Macht der Welt sie aufhalten. In ihrem roten Cabriolet war sie wohl ihrem Vater sehr ähnlich.

Oben auf dem Pass suchten sie eine schöne Stelle, um sich im Freien zu lieben. Aber es gab sehr viele schöne Stellen, und so wurde es Abend, bis die beiden das in den Fels gehauene Feinschmeckerrestaurant »La Rochette« erreichten. Es lag an der Kantonsstraße zwischen Buix und Boncourt verlassen am Waldrand. Dahinter klaffte eine tiefe Schlucht. Hier fuhr der Bummelzug Porrentruy-Delley in längeren Intervallen durch und ließ die Kristallgläser auf den vornehm gedeckten Tischen des Hotel-Restaurants »La Rochette« vibrieren.

Als sie am frühen Abend im Hotel eintrafen, waren bereits alle über ihre Ankunft informiert. Clairettes Vater hatte ihnen ein Zimmer mit zwei getrennten Betten reserviert, die sie gleich zusammenschoben. Auf dem Tisch stand ein Champagnerkühler. Der Hals eines Pol Roger, Cuvée Churchill, ragte heraus. Der Zimmerbursche brachte zwei Pakete herauf. Es war alles minutiös inszeniert, wie eine Finanzoperation. Dem ersten Paket entnahm Clairette ein Abendkleid, dem zweiten einen Smoking mit seidenem Revers.

Auf dem Parkplatz fuhren die ersten Autos vor, amerikanische Schlitten und Sportwagen. Die Leute, die da ausstiegen, waren Clairette ebenso bekannt wie verhasst. Es waren die lieben Verwandten, die nur über Geld, Vergünstigungen und Prozente sprachen. Clairette fühlte sich hintergangen. Sie hatte nur ihren Vater erwartet. Wütend stopfte sie Abendkleid und Smoking mit Kissen aus, legte die Attrappen ins Bett und steckte den Pol Roger und die beiden Champagnergläser in ihre Tasche. Gemeinsam stiegen sie durchs Klofenster in den Hof und eilten in den Wald hinaus.

Marcel versuchte sie umzustimmen, aber Clairette lächelte nur. Es war so unmöglich wie die Änderung ihrer Herkunft. Jakobi rannte ihr nach. Sie war schneller. Plötzlich war sie verschwunden. Er hörte ihr Lachen im Gebüsch. Keuchend ging er zu ihr hinüber. Sie saß auf dem ausgetrockneten Stamm eines entwurzelten Baumes und entkorkte den Champagner. Jakobi setzte sich neben sie. Clairette war unberechenbar. Sie wusste es. Sie liebte es. Man sah es ihr an. Clairette küsste Jakobi auf den Mund, so stürmisch, dass er rückwärts vom Stamm hinunterfiel. Clairette kniete vor ihm nieder und öffnete Jakobis braune Gurtschnalle, die seine billige Stoffhose zusammen hielt.

»Ich will ein Kind von dir.«

»Jetzt gleich?«

»Jetzt gleich.«

Und Marcel Jakobi führte sein ganzes Leben in Clairettes Körper ein. Sie nahm ihn auf und ließ ihn nicht mehr los.

»Du hast jetzt keine Wahl mehr, Marcel, wenn du mich jemals verlässt ...«

»... bringst du mich um.« Marcel lächelte.

»Nein«, antwortete Clairette mit einer Stimme, die unheimlich entschlossen klang. »Nein, viel schlimmer. Ich werde dich immer lieben. Und es wird kein Ende nehmen.«

Vom nahen Gasthof hörten sie Gelächter und laute Stimmen. Die Gäste schienen sich bestens zu amüsieren.

Offenbar vermisste sie niemand. Schließlich waren die meisten hergekommen um zu saufen.

Als die letzten Lichter in den Zimmern erloschen, kehrten Clairette und Marcel auf den Parkplatz zurück, stiegen leise in den roten Sportwagen und fuhren davon, nach Basel zurück. Marcel war unruhig, von Gewissensbissen geplagt. Er versuchte auf Clairette einzureden, aber es berührte sie nicht. Es war selbstverständlich, dass sie selber über ihr Leben entschied. Von da an entschied sie auch über Marcel Jakobis Leben.

»Und wenn er dich aus der Firma jagt?«

Jakobi schämte sich, eines Tages vor ihrem Vater stehen zu müssen. Er warf Clairette einen ängstlichen Blick zu. Doch sie zeigte keine Reue.

»Was machst du, wenn er dich aus der Firma jagt?« wiederholte Jakobi. Clairette lächelte amüsiert.

»Kann er nicht. Er braucht mich. Ich bin seine rechte Hand. Sobald ich meinen Doktortitel habe, geht er in Pension. In vier Jahren ist es soweit. Dann bist du meine rechte Hand.«

»Ich?« fragte Jakobi erstaunt. »Wozu brauchen wir seine Firma? Ich bin gar nicht so scharf auf einen Büroposten.«

»Du wirst schon noch Geschmack daran finden. Das ist wie mit dem Pol Roger.«

»Ich hab bloß ein wertloses Kaufmannsdiplom.«

»Das genügt«, lächelte Clairette, »ich werde dich einarbeiten. Wart's ab, in vier Jahren sieht alles ganz anders aus.«

»In vier Jahren?« wiederholte Jakobi. Er schien bedrückt. Er hätte gerne einen Blick in die Zukunft geworfen, einen schnellen Blick durch die Mauerritze. Aber womöglich hätte er sich nirgends wiedergefunden. Womöglich gab es dort gar keinen Marcel Jakobi mehr. Er wollte nicht hindurchschauen. Im Grunde genommen hatte Jakobi immer Angst vor der Zukunft gehabt.

»In vier Jahren sitzt du hinter Vaters großem Mahagonipult und sagst unserem Dr. Schultheiß, wo's langgeht«, scherzte Clairette und drückte den Knopf runter, um das Schiebedach zu schließen. Die Nacht war kühler geworden.

»Und wo wirst du stehen?« fragte Jakobi. Angespannt wartete er ihre Antwort ab. Ihr traute er alles zu. Sich eine Zukunft auszudenken und die gesteckten Ziele zu erreichen.

»Ich?« lächelte Clairette, »ich steh an deiner Seite.«

2

Jahre später saß Marcel Jakobi hinter einem breiten Mahagonipult. Clairettes Vater hing an der Wand, ein Ölporträt, das kurz vor seinem Tod vor vier Jahren angefertigt worden war. Vis-à-vis von Jakobi saß Dr. Schultheiß, ein 70jähriger, netter Herr mit schütterem Haar und einer schneeweißen Fliege am Hals. Er verfügte über ein drolliges Repertoire an distinguierten Gesten und Umgangsformen. Sein Altbasler Dialekt wirkte etwas affektiert. Man kannte diese Mundart nur noch aus fassnächtlichen Parodien. Dr. Schultheiß wusste wohl, dass die Zeiten sich geändert hatten, dass sie nicht zurückkehrten, aber in der Leutwyler AG war die Uhr stehen geblieben. Wohl standen jetzt Epson-Computer, Laserprinter und Telefax herum, aber die Einrichtung war die gleiche geblieben: kunstvoll geschnitzte Möbel aus dunklem Eichenholz, Kupferstiche, auf denen Industriehallen des 18. Jahrhunderts abgebildet waren. Und die hübsche Fliege von Dr. Schultheiß. Vermutlich arbeitete er nur Clairette zuliebe weiter. Er hielt ziemlich viel von ihr. Sie hatte all das, was er an ihrem Vater so geschätzt hatte. Er liebte sie, vielleicht wie eine Tochter, vielleicht auch ein bisschen mehr.

Aber an diesem milden Herbsttag stand Clairette nicht an Marcel Jakobis Seite. Sie hatte nie an seiner Seite gestanden in den letzten vier Jahren. Clairette saß zu Hause mit ihrem Doktortitel und wechselte Windeln, wechselte Sonden und Kanülen und mied jeden Gedanken an eine Zukunft. Der kleine Lucien war kein Kind wie jedes andere. Er war drei Jahre alt und hatte keine Chance, jemals seinen fünften Geburtstag feiern zu können. Seit Geburt wurde er künstlich ernährt. Clairette versuchte ihm alles zu geben und schenkte ihm ihr Leben. Lucien lernte sprechen, mit drei sogar das Alphabet. Clairette lud die Nachbarskinder ein, die Lucien so gern mochte, unterhielt sie, spielte mit, damit sie noch ein Viertelstündchen länger bei ihrem Lucien blieben. Sie war Frau Dr. Jakobi-Leutwyler geworden, und der Bahnhofsarbeiter mit dem Kaufmannsdiplom thronte jetzt hinter dem großen Mahagonipult. Jakobi hatte es leichter. Nach Luciens Tod würde er sich an seinem Mahagonipult festklammern können. Clairette hingegen würde eines Tages ihren eigenen Namen vergessen haben.

Kops Lachen befreite Jakobi von seinen düsteren Gedanken. Peter Kop war der dritte Mann in der Firma, ein Schulfreund von Marcel Jakobi, ein schlauer Fuchs, ein hemdsärmeliger Selfmademan ohne Manieren, der mit schnellen Immobiliengeschäften zu Geld und Know-how gekommen war. Jakobi hatte ihn ein halbes Jahr nach Leutwylers Tod in die Firma geholt, um Dr. Schultheiß Paroli zu bieten. Eigentlich hatte er Kop nie besonders gemocht. Kops Hosen waren stets zu eng, der blonde Schnurrbart buschig und verspielt, Kop stellte alles zur Schau, was er für besonders männlich hielt. In der Schule war er stets der große Star gewesen. Wie oft hatte Kop ihn im Velokeller verprügelt. Als er ihm später mal begegnet war, zufällig, war Kop sehr nett gewesen. Jakobi hatte ihm verziehen und ihn in die Firma geholt. Mit Kops Hilfe hatte Jakobi Dr. Schultheiß, der fachlich beiden überlegen war, in die Schranken gewiesen. Kop hatte gleich gemerkt, dass ihn Jakobi als Joker eingesetzt hatte. Der Gedanke amüsierte ihn. Am liebsten provozierte er Dr. Schultheiß mit seinen hemdsärmeligen Umgangsformen. Kop wollte ihn loswerden. Mit Jakobi würde er leichtes Spiel haben. Jakobi war für Kop ein netter Kerl, inzwischen vielleicht sogar ein Freund, aber kein Vorgesetzter.

An jenem Herbsttag brachte Kop Dr. Schultheiß einmal mehr in Rage. Schultheiß stand da, beherrscht, sein Gesicht lief rot an, und es hätte niemanden erstaunt, wenn er plötzlich explodiert wäre und die Zimmerdecke durchbrochen hätte. Genüsslich stopfte Kop seine Pfeife und wartete. Jakobi saß hinter dem Mahagonipult und schwieg. Er wusste, dass er jetzt eine Entscheidung treffen musste. Gegen Kop oder gegen Schultheiß. Jakobi schwieg. Kop doppelte nach:

»Ich versuche unseren Kunden kreativere Lösungen vorzuschlagen. Deshalb kommen sie schließlich zu uns. Wir haben durch Sie, Herr Dr. Schultheiß, schon genug Kunden verloren.«

Dr. Schultheiß starrte Jakobi mit finsterem Blick an. Er brachte kein Wort mehr heraus. Jakobi schwieg. Er dachte an Lucien.

»Herr Jakobi, ich denke, es ist wohl besser, wenn Sie die delikaten Fälle in Zukunft wieder mir anvertrauen.

Herr Kop hat seine Kompetenzen überschritten.«

Kop suckelte an seiner Pfeife:

»Sie müssen umdenken, dazulernen, Herr Dr. Schultheiß. Unsere Kunden haben das längst getan. Wenn Sie das nicht schaffen, sind Sie weg vom Fenster.«

Jakobi warf Kop einen zornigen Blick zu. Er hatte die ewigen Streitereien satt. Kop reagierte nicht. Er spürte, dass Jakobi ihn fixierte. Er wusste, dass Jakobi ihn brauchte. Dr. Schultheiß stapelte seine Unterlagen. Die Bewegung verschaffte ihm Erleichterung. Er konnte wieder sprechen.

»Wir sind keine Geldwaschanlage, Herr Kop. Was Sie hier vorschlagen, ist nicht Steueroptimierung sondern Steuerbetrug.«

Dr. Schultheiß warf einen flüchtigen Blick zum Ölportrait hinüber, als erwarte er vom verstorbenen Leutwyler ein klärendes Machtwort.

»Das hätte Ihr Schwiegervater selig niemals geduldet, Herr Jakobi. Das ist einfach unseriös.«

Dr. Schultheiß nickte einmal heftig mit dem Kopf und drehte Jakobi den Rücken zu. Dies war der höchste Erregungszustand, den sich Dr. Schultheiß jemals geleistet hatte. Kop sprang auf und öffnete Dr. Schultheiß die Tür, übertrieben galant. Ein letztes Mal suchte Schultheiß mit forderndem Blick Jakobis Unterstützung. Jakobi dachte an Lucien. Kop deutete Jakobis Schweigen falsch. Er nahm das Ölporträt von Leutwyler von der Wand und drückte es Dr. Schultheiß in die Hand.

»Den können Sie von mir aus in Ihrem Büro aufhängen, aber an unseren Besprechungen nimmt Herr Leutwyler selig nicht mehr teil.«

Kop benahm sich unmöglich. Schultheiß ertrug die

Demütigung mit Würde. Die Auseinandersetzung hatte ein Niveau erreicht, das ihm jede weitere Präsenz verbot. Doch plötzlich huschte ein spitzbübisches Lächeln über sein Gesicht. Er fixierte Jakobi lange und eindringlich, als wolle er ihm einen Gedanken übertragen.

»Ersparen Sie uns einen zweiten Fall Grauwiler, Herr Jakobi.«

Jakobi zuckte zusammen. Befriedigt, fast heiter, öffnete Schultheiß die Tür und trat in den Flur hinaus.

Grauwiler, das war Jakobis erster Kunde gewesen. Was Jakobi damals geboten hatte, hätte ihn ohne weiteres ins Gefängnis bringen können. Auf wundersame Weise war er aber verschont geblieben. Wurstfabrikant Grauwiler hatte geschwiegen. Und seitdem hatte Jakobi keine Wurst mehr gegessen.

Die Bürotür stand immer noch weit offen. Schultheiß war auf der Schwelle stehen geblieben. Jakobi war irritiert. Schultheiß genoss Jakobis Reaktion. Kop schaute die beiden fragend an. Offenbar gab es da eine Geschichte, über die er nicht Bescheid wusste.

»Das war vor deiner Zeit«, sagte Jakobi. Er wirkte abwesend. Kop grinste.

»Wer betreut nun den neuen Kunden?«

Kop wusste es längst. Er fragte dennoch. Er wollte, dass es Schultheiß hörte. Ein für allemal. Jakobi überlegte fieberhaft, wem er den neuen Kunden überlassen sollte. Kop hatte ihn schließlich akquiriert. Es war nie gut, den Berater auszuwechseln. Andererseits hatte Kop des Guten zu viel versucht. Eine Geldwaschanlage konnte er nicht dulden. Aber er wollte auch Kop nicht verärgern. Kop war ihm wichtiger als Schultheiß. Kop war sein Freund. Sein einziger Freund. Von Schultheiß fühlte er sich verachtet. Jakobi zögerte. Er war unschlüssig.

»Dr. Schultheiß, Herr Kop behält seine Kunden. Ein Wechsel wäre ein Schuldeingeständnis gegenüber Bocker. Sonst verlieren wir ihn früher oder später.«

»Das werden Sie ohnehin«, entgegnete Schultheiß und griff nach der Türklinke.

»Ich bin froh, wenn Ihre Frau wieder in die Firma zurückkehrt. Dann wird sich einiges ändern.« Schultheiß warf den Kopf herum und sah Kop voller Verachtung an.

»Vor allem für Sie, Herr Kop.«

»Meine Frau kommt nie mehr in die Firma zurück«, sagte Jakobi bestimmt.

Schultheiß warf einen Blick auf das Ölgemälde, das ihm Kop in die Hand gedrückt hatte. Er riss die Augenbrauen hoch und verließ das Büro. Kop schloss triumphierend hinter ihm die Tür. Erleichtert setzte er sich auf die Kante von Jakobis Mahagonipult.

»Jag ihn zum Teufel.«

»Zu dir ins Büro?« flachste Jakobi. »Du bist hier der Boss, Marcel.«

»Ich mag nicht, wenn du so mit ihm umspringst. Dr. Schultheiß ist sehr wichtig für uns.«

»Ach wo, das redet er dir bloß ein.«

»Die meisten Kunden haben er und mein Schwiegervater akquiriert. Wenn Schultheiß abspringt, nimmt er die Kundenkartei mit. Dann brauchen wir selber einen Berater.«

»Mein Gott, das hat dir deine Clairette eingeredet. Ich weiß nicht, welchen Narren sie an ihm gefressen hat.«

»Sie mag höfliche Menschen.«

Kop lachte laut heraus und klopfte Jakobi kumpelhaft auf die Schulter. Er wusste, dass Jakobi das nicht mochte.

»Wer ist hier eigentlich der Boss, du oder dieser alte Ziegenbock?«

»Clairette. Die Firma gehört immer noch ihr.«

»Aber *du* führst die Firma. Du musst dir mehr Respekt verschaffen. *Du* bezahlst den Alten. Er ist *dein* Angestellter.«

»Du übrigens auch«, sagte Jakobi trocken.

Er mochte es nicht, wenn sich Kop wie ein mit beiden Armen auf seiner Tischplatte abstützte und auf ihn einredete. Kop war ein großartiger Redner, ohne Zweifel. Alles, was er sagte, klang überzeugend. Deshalb war er auch so erfolgreich mit der Akquisition von neuen Kunden. Und deshalb war er wohl auch überzeugt, es ohne Schultheiß schaffen zu können. Jakobis letzter Satz hatte Kop aus dem Konzept gebracht. Jetzt patrouillierte er wie ein kleiner Napoleon im Büro herum und sann auf neue Strategien. Jakobi wollte ihn gar nicht erst verschnaufen lassen. Er doppelte gleich nach.

»Kop, du bist der Angestellte von Clairette. Wenn sie mit dem Finger schnippt, fliegst du raus. Sie war immer dagegen, dass ich dich in die Firma hole. Du bist ihr zu laut. Sie wird niemals zulassen, dass Schultheiß verdrängt wird.«

»Hör doch auf mit deiner Clairette, die ist doch bloß eifersüchtig, weil ich dich abends ab und zu ausführe. Die weigert sich einfach, Hausfrau zu sein. An das Kind muss sie sich halt gewöhnen. Ich bin froh, dass sie nicht mehr in der Firma ist, mein Gott, wäre das eine triste Atmosphäre.«

Jemand klopfte an die Tür. Kop grinste: »Jetzt bringt er sein Kündigungsschreiben.«

Kop riss die Tür auf. Draußen stand Gina. Sie hatte

das Sekretariat unter sich. Jakobis Schwiegervater hatte sie wenige Jahre vor seinem Tod eingestellt. Elegant bewegte sie sich durchs Zimmer. Sie trug einen hautengen kurzen Rock aus schwarzem Leder, der ihren Schritt verlangsamte, dazu ein schwarzes Hemd mit einem chaotisch angeordneten gelben Muster. Das schwarze Haar war kurz geschnitten. Ihre Haut war sehr gepflegt und von der Sonne verwöhnt. Gina war um die Vierzig, eine zuverlässige Frau, meist ruhig, aber sprühend vor Energie und Lebenswille. Und begehrenswerter als manche Zwanzigjährige. Jede Bewegung in ihrem Gesicht war sinnlich und schön.

»Mister Bryan erwartet Sie um zwölf«, sagte sie knapp und schloss die Tür von außen wieder.

Jakobi bedankte sich mit einem Nicken. Er genoss ihr Erscheinen wie einen warmen Sonnenstrahl an einem tristen Novembertag.

»Unsere Gina ist auch nicht übel. Wollen wir sie heute zum Essen einladen? Wir könnten schwimmen gehen.«

»Lass sie doch in Frieden«, entgegnete Jakobi unwirsch, »und außerdem hat sie einen Freund.«

»Wirklich? Hast du ihn schon mal gesehen?«

Jakobi zuckte die Schultern: »Ich glaube, er hat eine Pizzeria und singt auch.«

»Ein singender Pizzabäcker also. «

3

Marcel Jakobi stand am Fenster und zögerte. Den Hörer des Zimmertelefons hielt er bereits in den Händen. Er überwand sich und wählte die Nummer. Es war kurz vor Mittag. Er wollte sicher sein, dass Clairette zu Hause war. Als sie zu Hause das Telefon klingeln hörte, trug sie immer noch Indianerfedern im Haar. Wie jeden Morgen spielte sie mit Lucien Indianer. Sie musste es tun, denn Lucien wollte sich die Sonde nur von Häuptling Weiße Rose einführen lassen. Jakobi wusste, dass die Zeit ungünstig war. Dennoch rief er an.

Clairette meldete sich mit »Jakobi«. Den Doktortitel ließ sie weg. In der Firma hatte sie ihn ihrem Vater zuliebe benutzt, aber hier, inmitten von Waschmaschine, Staubsauger und Dampfabzug, schien es ihr unsinnig, ihren Titel zu nennen.

»Liebling, ich kann heute nicht über Mittag, hast du schon was gekocht?« Clairette schwieg. Sie war offenbar enttäuscht. Sie war immer enttäuscht, seit Lucien auf der Welt war. Nicht enttäuscht über Lucien, aber enttäuscht über ihr Leben. Sie liebte Lucien über alles, genauso wie Jakobi es tat. Aber im Gegensatz zu Jakobi, der hinter einem braunen Mahagonitisch Abwechslung und Ablenkung und manchmal sogar ein bisschen Anerkennung fand, war Clairette mit Dingen beschäftigt, deren Erledigung niemandem auffiel. Sie war Hausfrau geworden, und das war das Schlimmste, was ihr jemals hatte passieren können. Dies war der stumme Vorwurf, den sie Jakobi Tag für Tag machte. Es gab keine Lösung für ihr Problem. Sie konnte Jakobi ein bisschen Sonne wegnehmen, damit auch er sich an die Finsternis gewöhnte, wie sie es hatte tun müssen. Aber dadurch wurde ihr nicht wärmer ums Herz. Clairette war Hausfrau und Mutter geworden. Lucien zuliebe wollte sie es auch bleiben. Für Lucien hätte sie ihr Leben sogar in einem engen Abflussrohr verbracht. Jakobi auch. Nur, Jakobi durfte arbeiten, Erfolg haben und Geld verdienen, und sie steckte im Abflussrohr...

»Ich hab einen Arbeitslunch«, wiederholte Jakobi.

»Mit wem?« fragte sie neugierig.

»Mit Mr. Bryan, du kennst ihn nicht.«

Die Fragerei war Jakobi lästig. Er wollte das Gespräch möglichst rasch beenden.

»Wie geht's Lucien?«

»Er hat wieder Probleme mit der Atmung. Wie am letzten Wochenende, aber mach dir keine Sorgen, ich krieg das schon hin.«

»Ruf Dr. Weiss an, wenn es in einer halben Stunde nicht besser wird.«

»Hab ich schon. Du brauchst dir wirklich keine Sorgen zu machen. Wann kommst du heute Abend nach Hause?«

»Gegen sieben.«

»Ich muss auflegen, Lucien schreit. Er hat Hunger.«

Jakobi legte den Hörer auf. Er stand immer noch vor dem Zimmerfenster, fast nackt. Er hatte noch irgendetwas fragen wollen. In Gedanken versunken, entkorkte er den Champagner, der vor ihm auf dem Nachttischchen stand, ein Pol Roger, Cuvée Churchill, die Hausmarke seines verstorbenen Schwiegervaters.

»Alles in Ordnung, Mr. Bryan?«

Gina hatte soeben die Dusche verlassen. Jakobi nahm sie in die Arme. Er küsste ihre Schulter. Ihre Hand suchte sein Glied. Sie drückte Jakobi auf einen Stuhl nieder und setzte sich rittlings auf ihn, während sie sein erregtes Glied in ihre Scheide führte. Den ganzen Morgen hatten sie sich im Büro gegenseitig belauscht, beobachtet, mit Blicken die Kleider vom Körper gerissen. Jetzt lagen sie auf dem Teppichboden von Zimmer 207 im Hotel »Eulen«.

Das Büro der Leutwyler Treuhand-und-Beratungs-AG lag im vierten Stock des Hochhauses an der Heuwaage, mitten in der City. Keine fünf Minuten von Bahnhof und Hotel Euler entfernt. Der Vorteil des Hotels Euler waren die verschiedenen Eingänge, die von außen in Restaurant, Bar oder Hotel führten.

Als Jakobi zwei Stunden später das Hotel verließ, verabschiedete ihn der Portier wie immer mit Mr. Bryan. Wenige Minuten später folgte Gina. Sie kamen und gingen immer getrennt. Außerhalb von Zimmer 207 stellten sie keine Forderungen aneinander.

Gegen vierzehn Uhr verließ Jakobi den Fahrstuhl im achten Stock. Er hatte auf dem Weg vom Hotel zur Firma ein Sandwich gegessen. Die zwei Stunden mit Gina waren kurz genug. Es gab kaum eine Möglichkeit, sich mit ihr außerhalb der Mittagszeit zu treffen.

Jakobi betrat die Büros der Leutwyler AG. Vor ihm lag ein ovaler Empfangsraum, Ginas Imperium, hellerleuchtet dank der zahlreichen Fenster hinter ihrem Schreibtisch. Hier war ihm Gina fremd. Nur nackt war sie ihm vertraut, nackt und schreiend vor Lust.

Hinter dem Fotokopierer stand Dr. Schultheiß, die Ruhe in Person. Er war der eifrigste Benutzer von Kopierer und Papierwolf. Als er Jakobi eintreten sah, lächelte er still vor sich hin. Er wartete, bis Jakobi ihm den Rücken zudrehte, um das Überraschungsmoment zu verstärken.

»Herr Jakobi, ein Herr Lucas hat angerufen.«

»Was wollte er?«

»Sie persönlich, Herr Jakobi, er hat zweimal betont, dass es sehr persönlich sei.«

Jakobi lächelte. Er war sie gewohnt, diese geheimnistuerischen, verschrobenen Kunden, die ihn am liebsten auf dem Gipfel des Matterhorns treffen würden, um ihm mitzuteilen, dass sie sich nass rasieren.

Jakobi betrat sein Büro und setzte sich an seinen Schreibtisch. Die Füße legte er lässig auf die Mahagoniplatte. Er wollte sie gleich wieder runternehmen, als er Leutwylers Ölporträt an der Wand sah. Offenbar hatte Dr. Schultheiß das Bild wieder an seinen Platz gehängt. Zeichen setzen, das war seine Art. Genau wie Clairette. Wenn er seine Hemden im Abfalleimer wiederfand, hieß das: Lass deine schmutzige Wäsche nicht im Flur liegen. Aber was wollte ihm Dr. Schultheiß mitteilen? Gab es einen Zusammenhang mit diesem Herrn Lucas? Der Name erinnerte ihn an den Fleischfabrikanten Grauwiler, an jenen Kunden, den Schultheiß heute Morgen erwähnt hatte. »Ersparen Sie uns einen zweiten Fall Grauwiler«, hatte Schultheiß gesagt. Wusste Schultheiß Bescheid, oder war ihm einfach aufgefallen, dass der Kunde sich nie mehr gemeldet hatte? Niemand in der Firma konnte wissen, was damals passiert war.

Jakobi schaute frech zum Ölporträt seines Schwiegervaters hinauf. Leutwyler war schuld. Es hatte nicht genügt, mit seiner Tochter zu schlafen und diese glücklich zu machen. Eigenes Geld, das war's, was Jakobi immer gefehlt hatte, um Leutwylers Anerkennung zu finden. Dieser Genfer Fleischfabrikant Grauwiler hatte die Chance dazu geboten. Die Hawks-Aktien wurden seinerzeit weit unter ihrem Wert gehandelt. Sie waren nicht mal das Bargeld wert, das im Hawks-Konzern steckte. Wie üblich hörte man in allen Ecken Übernahmegerüchte. Die Hawks-Aktien stiegen, explodierten. Jakobi hatte zugreifen und gleich nach der vollzogenen Übernahme wieder verkaufen wollen. Er brauchte Kapital für ein paar Wochen. Aber es war nichts da, außer der Million, die Grauwiler aus Liquiditätsgründen wieder reinwaschen musste. Grauwiler hatte ein Problem. Sein langjähriger Kompagnon bei der Steuerbehörde war befördert worden. Grauwiler wusste nicht, ob der Nachfolger beim Steueramt Lust hatte auf eine dreiwöchige Seefahrt, ob er gerade sein Auto auswechseln wollte, weil das Autoradio rauschte, oder Bestechungsgelder am liebsten bar kassierte. Grauwiler ließ ein neues Nummernkonto mit der Codebezeichnung »Lucas« einrichten. Leutwyler hatte den Fall Jakobi sozusagen als Vertrauensbeweis anvertraut. Irgendwie hatte er ihm damit auch klarmachen wollen, dass hier nicht das Taschengeld von Chorknaben betreut wurde. Jakobi hatte jede freie Minute die Entwicklung der Hawks-Aktien mitverfolgt. Er war felsenfest überzeugt gewesen, dass ein kurzfristiger Gewinn von bis zu 50 Prozent drinlag.

An einem Freitag um Viertel nach drei hatte Jakobi das »Lucas-Konto« geleert und Grauwilers Million in den Aktienmarkt geschmissen. Eine etwas unkontrollierte Bemerkung des amerikanischen Finanzministers beim Golfspiel hatte den Kurs kurz vor Börsenschluss zum Einsturz gebracht. Jakobi hatte versucht, rechtzeitig abzuspringen. Aber als er das Geld wieder auf dem »Lucas-Konto« hatte, fehlten 250000 Franken. Und Fleischfabrikant Grauwiler hatte sich seltsamerweise nie mehr gemeldet. In der Firma war das niemandem aufgefallen, denn in jenen Wochen lag Leutwyler auf der Intensivstation des Basler Universitätsspitals. Ein Leben lang war er abhängig gewesen, zuerst von Zigaretten, später von Sauerstoffflaschen und Lungenmaschinen. Leutwylers Agonie hatte auch die Firma gelähmt. Die Atmosphäre war bedrückt gewesen, gedämpft. In den Fluren und Büros der Leutwyler AG war nicht mehr gelacht worden. Monatelang hatten alle das unwürdige Schauspiel eines Mannes verfolgt, der ein menschlicheres Ende verdient hätte. Doch die Maschinen hatten weiter gepumpt, gepresst und gesogen und ein menschliches Wrack qualvoll am Leben erhalten, einen Menschen, der längst abgeschlossen hatte und bereit war zu gehen.

Jakobi schenkte sich einen Scotch ein. Aus dem diskret eingebauten Kühlfach unter dem Schreibtisch griff er mit der Pinzette zwei Eiswürfel und ließ sie ins Glas fallen.

Andächtig lauschte er dem Knacken der aufsplitternden Eiswürfel. Wieso hatte Schultheiß ausgerechnet jetzt diese alte Geschichte aufgewärmt? Hatte er Angst, wegen Kop auf die Straße gesetzt zu werden? Wollte Schultheiß ihm drohen, ihm zeigen, dass er Bescheid wusste? Aber Schultheiß konnte gar nichts wissen. Oder hatte Jakobi in den letzten vier Jahren die Augen geschlossen und gehofft, es würde ewig so weitergehen? Hatte er alles verdrängt, so wie er auch Luciens kurze Lebenserwartung verdrängte? Jakobi fühlte sich elend, wie ein morsches Stück Treibholz, im Grunde genommen war er immer noch der junge Mann im blauen Overall zwischen den Perrons, dem Clairette in jenen Morgenstunden vor vier Jahren begegnet war.

Jakobi trank sein Glas in einem Zug leer. Wenn Schultheiß ihn mit seinen Bemerkungen hatte verunsichern wollen, so war ihm dies tatsächlich gelungen.

Jakobi stand auf und ging in Kops Büro. Er wollte ein bisschen plaudern. Kops Büro lag gleich nebenan. Als er die Tür von seinem Zimmer aufstieß, sah er in den leeren Empfangsraum. Gina war offenbar wieder von Schultheiß in Beschlag genommen worden. Er tat dies, sooft er konnte, um Jakobi zu zeigen, dass er eine eigene Sekretärin brauchte.

Jakobi betrat Kops Büro. Kop trug ein blaues Hemd und dunkelblaue Hosen. Er sah wirklich aus wie ein Polizist. Deshalb war sein Nachname zum Übernamen geworden. Kop schaute kurz hoch und sprach weiter in sein Diktiergerät:

»... sobald die Bestätigung und die Schuldbriefe gemäß Ziffer II vorliegen und ferner die Beurkundungs-

und Grundbuchkosten sowie die Handänderungs- und eine allfällige Grundstückgewinnsteuer bezahlt, bzw. sichergestellt sind. Neuer Absatz.«

Kop liebte es, Jakobi in der Firma warten zu lassen, um zu zeigen, dass er ihn als Vorgesetzten nicht ernst nahm.

»Heute Abend spielen wir Bowling.«

»Ich kann heute nicht«, antwortete Jakobi. Kop ignorierte die Absage.

»Ich hab beim Bowling-Center schon reserviert. Bahn acht. Auf Bahn sieben spielen heute Abend die beiden Blondinen.«

»Es geht nicht.«

Von Kops Frauengeschichten hatte Jakobi ohnehin die Nase voll. Seit Kop geschieden war, wollte er jeden Abend Frauen kennen lernen. Wie eine Dampfwalze betrat er die Nachtclubs und führte sich mit anzüglichen Bemerkungen als unwiderstehlichen Liebhaber ein. Doch für die meisten Frauen wurde er dadurch eher unausstehlich. Auch für Jakobi.

»Clairette kann doch auch ohne dich ins Bett. Schlaft ihr überhaupt noch miteinander?«

»Früher haben wir das halbe Leben im Bett verbracht.«

»Jetzt folgt die zweite Hälfte«, lachte Kop, »deshalb gehen wir heute Abend Bowling spielen. Das war vor meiner Scheidung genauso.«

»Hör mal Kop, ich muss mit Clairette reden, bevor es zu spät ist. Wenn Lucien nicht wäre, ich glaube, es wäre aus zwischen uns. Seit sie nicht mehr in der Firma arbeitet, ist alles anders geworden. Seit Lucien da ist.«

Kop winkte ab, er mochte Clairette nicht. Sie war die

Rivalin, die ihm Jakobi vorenthielt. Sie war die Inhaberin der Firma. Von ihrem Goodwill war er abhängig. Er konnte sie nicht ausstehen, weil sie seine Scherze nicht lustig fand und er in ihrer Anwesenheit meist befangen wurde.

»Von mir aus kannst du bei deiner Clairette versauern. Ich spiele Bowling.«

»Wenn wir einen Babysitter finden, könnten wir Clairette mitnehmen. Ein bisschen Abwechslung würde ihr gut tun.«

»Ihr habt in den letzten drei Jahren noch nie einen Babysitter gefunden.«

Kop winkte ab und tat so, als hätte er den Abend längst abgeschrieben.

»Lucien ist kein gewöhnliches Kind«, murmelte Jakobi.

»Jaja, ich weiß. Und Clairette ist keine gewöhnliche Frau.

Aber die kommt nicht mit, die hat überhaupt keinen Humor. Ich hab keine Lust, mich mit ihr über die indianische Kultur zu unterhalten. Ich versteh nicht, wie du es bei ihr aushältst, die ist wie aus Stein gehauen. Wenn man euer Haus betritt, gefriert einem das Blut in den Adern.«

So wirkte Clairette wohl auf Außenstehende - unnahbar und kühl, unerbittlich ernst und fatalistisch. Und dennoch hätte sie Kop gerne zur Geliebten gehabt. Wenn sie ihn doch nur ein bisschen gemocht hätte. Aber Kop interessierte sie nicht. Er war ein oberflächlicher Typ, der wenig von Menschen verstand, weil er sich nur für Sex und Geld interessierte. Er hatte Clairette noch nie in die Augen gesehen. Er wusste nicht, dass man hindurchspähen konnte.

»O.k., ich komm mit, aber nur eine halbe Stunde.« Jakobi sprach es aus, ohne zu wissen, ob es ihm ernst war. Gina betrat das Büro. Niemand konnte ihr ansehen, dass sie noch vor zwei Stunden zusammen mit Jakobi in einem Hotelbett gelegen hatte.

»Ihre Frau hat angerufen. Sie möchte, dass Sie sofort nach Hause kommen«, sagte sie in geschäftsmässigem Ton.

Gina verließ das Büro und schloss die Tür hinter sich zu.

Kop lachte auf:

»Wie oft will sie eigentlich dieses Spiel noch treiben? Sie macht dich zum Hanswurst. Hast du ihr etwa von den beiden Blondinen auf Bahn sieben erzählt?«

Jakobi reagierte nicht. Kop war überzeugt, dass er geplaudert hatte.

»Das war ein Fehler. Was sie weiß, macht sie heiß. Und was sie nicht weiß ...«

Kop lachte.

»Du verstehst nichts von unserer Liebe.«

»Ich seh, wie sie dich zugrunde richtet. Mit ihrer Liebe. Sie soll sich doch endlich mit ihrem Schicksal abfinden und dich in Ruhe arbeiten lassen. Ich sag dir, am Schluss verlangt sie von dir, dass du den Firmenkram in der Küche erledigst und die Besprechungen in der Waschküche.«

Jakobi schwieg. Er wusste, dass Kop nicht ganz Unrecht hatte, aber von Kop konnte er in dieser Hinsicht nichts akzeptieren, weil er die Liebe nur vom Hörensagen kannte. Er konnte sich einfach keinen Menschen vorstellen, der an ihn einen absoluten Besitzanspruch stellte und sich überall bemerkbar machte. Und er wusste nicht, dass Clairette spürte, dass sich Jakobi immer mehr von ihr entfernte.

»Versuch für die Firma Graber ein Arrangement mit den Steuerbehörden zu erreichen. Ich hab's ihm versprochen.«

Unwirsch verließ Jakobi das Büro. Er nahm sich vor, in Zukunft nicht mehr mit Kop über Clairette und seine Ehe zu sprechen.

»Kein Problem, Herr Jakobi.«

Kop hatte den Wink verstanden. Enttäuscht blieb er zurück in seinem billig eingerichteten Büro. Das einzige, wofür er Geld ausgab, waren Autos, die er über verschlungene Pfade zu besonders günstigen Preisen erwarb. Über all seine Käufe und Verkäufe führte er detaillierte Statistiken. Er liebte Statistiken. Und da er auch die Frauen liebte, wurden auch seine Affären statistisch erfasst. Kop wollte einfach überall der Beste und der Erste sein. Er stammte aus sehr einfachen Verhältnissen. Sein Kaufmannsdiplom hatte er, ähnlich wie Jakobi, auf Umwegen nach einer Berufslehre als Maurer absolviert. Vielleicht war das der Grund für die gegenseitige Anziehungskraft. Sie funktionierten ähnlich. Instinktiv suchten sie den Erfolg. Sie waren gleich alt, hätten Zwillinge sein können, und so nahm man es dem andern auch nicht übel, wenn er einem mal tüchtig auf die Nerven ging.

Marcel Jakobi stieg in seinen weißen Rover und fuhr zur Stadtgrenze hinaus. Dort stand die Villa seines Schwiegervaters, ein feudales Achtzimmerhaus aus den dreißiger Jahren inmitten eines Parks, geerbt wie der Rover, in dem er gerade saß, geerbt wie die Krawatte, die ihm den

Hals zuschnürte.

Jakobi ließ das Seitenfenster herunter. Er riss die Christophorusmedaille, die mit einem Magneten am Handschuhfach klebte, ab und warf sie hinaus. Manchmal hätte er alles vernichten können, was ihn an Leutwyler erinnerte. Doch alles, was er besaß, stammte aus Leutwylers Nachlass. Das Bett, in dem er schlief, der Badezimmerspiegel, vor dem er sich rasierte, und sogar der Wein, den er abends trank. Während Leutwylers Beerdigung hatte Jakobi noch gedacht, jetzt ist er weg, jetzt bin ich frei, aber schon bald nach dem Umzug in seine Villa war ihm bewusst geworden, dass Leutwyler präsenter war als je zuvor. Und Clairette war ihrem Vater noch ähnlicher geworden.

Jakobi fuhr den Rover durch die offene Garteneinfahrt. Als er den Wagen von Dr. Weiss sah, überkam ihn ein kalter Schauer. Zwischen den kahlen Baumkronen blendete die Sonne. Jakobi sprang aus seinem Wagen und hetzte ins Haus.

»Clairette?« rief er schon im Flur.

Jakobi war es gewohnt, keine Antwort zu kriegen. Clairette sprach in letzter Zeit selten mit ihm. Er stieg die breite Schiefertreppe hoch und eilte, stets nach Geräuschen lauschend, den Flur entlang bis zum großen Zimmer. Die Tür stand offen. An den Wänden hingen großformatige Zirkusplakate, niedliche Fabelwesen und Luciens Zeichnungen. Er malte die Menschen mit riesengroßen Köpfen, denn das einzige, was bei ihm funktionierte, war der Kopf. Der Kopf war alles. Das ganze Zimmer war nach seinen Bedürfnissen eingerichtet, die Lego-Stadt, die Eisenbahn mit den zahlreichen Weichen und Perrons, der Bauernhof mit den Tieren aus Weichgummi, die Lucien so gerne anfasste, die Indianerzelte hinter dem Tunnel, der Flughafen, die Riesenschildkröte inmitten von Dutzenden von Plüschtieren, und auf der Riesenschildkröte saß eine Indianerin mit pechschwarzem Haar, das hinten zu einem Zopf zusammengeflochten war. Clairette. Sie trug eine weiße Feder im Haar, Kriegsbemalung auf der Stirn. Clairette saß auf der Riesenschildkröte, unbeweglich. Sie starrte ins Nichts. Ihre Hände bluteten. Sie hielt eine Spritze umklammert. Offenbar hatte sie gar nicht bemerkt, dass die Nadel den Ringfinger durchstochen hatte. Die Wände schienen zu atmen.

Jakobi hatte das Gefühl zu wanken, aber es waren die Knie, die zitterten. Er zwang sich, einen Schritt vorwärts zu gehen, näher zum mannshohen Indianerzelt. Davor stand ein kleines Tischchen mit abgerundeten Ecken, vollbeklebt mit bunten Tierbildchen. Und auf dem Tischchen lagen die Ampullen, die Spritzen, sterile Tücher, Desogen, Sterilium, die verpackten Kanülen, die Sondennahrung.

»Schläft er?« stotterte Jakobi.

Er fragte wie in Trance. Clairette schien ihn nicht zu hören.

»Warum hast du mich angerufen? In der Firma machen sie sich lustig über mich.«

Er wusste, dass er schwafelte. Er wollte Belangloses reden und etwas Belangloses hören, um die böse Ahnung zu verscheuchen. Aber Clairette saß immer noch regungslos auf ihrer Riesenschildkröte. Hinter ihr tauchte eine Silhouette auf, Dr. Weiss. Seine Hände baumelten schlaff am Körper hinunter. Jakobi wollte nicht hochschauen, wollte das Gesicht nicht sehen, welches das Unfassbare bestätigte. Und als er es doch sah, dieses zerknitterte Gesicht mit diesen traurigen Augen, die um Verzeihung baten, fiel Jakobi auf die Knie. Der Aufprall warf seinen Oberkörper nach vorn. Sein Kopf schoss in das Zelt hinein. Darin lag ein kleiner Häuptling, keine vier Jahre alt. Auf der breiten Stirn waren Mond und Sonne gemalt, auf dem Näschen ein roter Punkt. Die schönen, großen Augen waren weit aufgerissen, so wie sie es immer waren, wenn er andächtig neuen Geschichten lauschte. Die kleinen Lippen waren etwas blass, sie ruhten. Jakobi warf sich auf den kleinen Häuptling und drückte seine Lippen auf die seinen, während seine Tränen die Sonne und den Mond auf der Stirn des Häuptlings langsam verwischten.

»Steh auf, mein kleiner Häuptling, Schwarzer Adler ist zurück. Ich hab dir was mitgebracht...«

Aber der Junge blieb liegen. Das schalkhafte Lächeln in seinem Gesicht war erloschen. Er schien niemandem böse zu sein. Jakobi riss Lucien hoch und drückte ihn an seine Brust. Der kleine Kopf fiel zurück. Die Feder löste sich aus seinem Haar und blieb auf der bunten Bettdecke liegen.

Für Lucien Jakobi hatte die Sonne aufgehört zu scheinen. Er war tot.

»Wach auf«, flüsterte Jakobi beschwörend.

»Wir haben alles versucht, Herr Jakobi.« Dr. Weiss berührte Jakobis Schulter.

»Wir wussten alle, dass Lucien eines Tages ... manchmal haben wir das vergessen. Zum Glück.« Jakobi drehte sich um und schaute zu Dr. Weiss hoch. Der Arzt schwieg er. Was hätte er auch sagen sollen?

»Heute Morgen hat er bis dreiundvierzig gezählt", sagte Clairette leise, „dreiundvierzig Indianerponys. Niemand hat das für möglich gehalten.«

Es klang trotzig, als wolle sie sich und Dr. Weiss beweisen, dass alle Ärzte irren und dass sie sich auch mit ihrer Prognose irrten, wonach Lucien keine vier Jahre überleben würde, und da er nun bis dreiundvierzig gezählt hatte, waren alle ärztlichen Prognosen falsch, und Lucien war demzufolge noch am Leben. Ihr Gesicht war tränenüberströmt. Man hörte kein Weinen, kein Schluchzen. Lautlos kippte sie von der Riesenschildkröte und blieb bewusstlos auf einer Plüschgiraffe liegen.

Dr. Weiss beugte sich über sie. Jakobi sah nur seinen breiten Rücken und die Hand, die in den aufgeklappten Arztkoffer griff. Dr. Weiss spritzte Clairette ein Medikament in den Arm

»Sie wird lange schlafen«, sagte der Arzt.

4

In den frühen Morgenstunden schlichen zwei schwarzge-
kleidete Gestalten die schier endlose Friedhofsallee entlang. Über Nacht hatten die Bäume ihre letzten Blätter
verloren. Alles schien tot, die Grabsteine ragten aus der
gefrorenen Erde, der Schmuck auf den verwitterten Grab-
platten war verdorrt, hier und da ein frisch zugeschüttetes
Grab mit einem provisorischen Holzkreuz. Die beiden
Besucher schritten voran, bis der Nebel sie verschluckte.
Obwohl es sehr kalt war, hielten sie sich nicht fest. Sie
hatten sogar vergessen, wann ihr Sohn gestorben war.
Vorgestern? Letzte Woche? Sie hatten dank der Hilfe
von Dr. Weiss die Zeit verschlafen. Aber es war kein
schöner Schlaf gewesen. Traumlose Narkosen. Und jedes
Mal, wenn sie die Augen geöffnet hatten, war dieses
schale Gefühl zurückgekehrt. Zuerst das ängstliche Nach-
forschen im Gehirn, und dann plötzlich diese dumpfe
Trauer, die einen wie eine Keule niederschlug. Das Bedürfnis, wieder einzuschlafen.

Clairette und Jakobi standen vor dem ausgehobenen
Grab. Zwei jugendliche Friedhofsangestellte hoben den
kleinen Sarg hoch und zogen Seile darunter. So weit wa-

ren sie vor einer halben Stunde schon gewesen. Clairette war zusammengebrochen. Im gegenüberliegenden Restaurant hatten sie ein paar Gläser Wodka geleert. Jetzt standen sie wieder da. Vor ihnen der offene Sarg. Sie wollten nicht loslassen. Sie umklammerten seine Gelenke, liebkosten sein Gesicht. Bloss nicht den Deckel schliessen. Und nachher? Nur noch Fotos, Erinnerungen, Schmerz?

Als der Sarg im ausgehobenen Grab verschwunden war, wusste keiner, wie es geschehen war. Wer hatte den Deckel geschlossen?

Die beiden Friedhofsangestellten warteten auf ein Zeichen. Sie standen einfach da und hielten ihre Schaufeln fest. Sie störten. Als hätten sie es vorher verabredet, nahmen Clairette und Jakobi ihnen die Schaufeln aus der Hand und verscheuchten sie mit einem Blick. Die beiden Arbeiter verschwanden im Nebel.

Als Clairette und Jakobi endlich alleine waren, zog Clairette eine Indianerfeder aus ihrer Tasche. Fast schüchtern blickte sie zu Jakobi. Er hielt bereits eine Feder in der Hand. Sie lächelten sich an, warfen die Federn in die Graböffnung. Der Wind warf sie hoch, ließ sie sinken, ein paar Mal sich um die eigene Achse drehen, bis sie schließlich auf der Erde liegen blieben.

Clairette und Jakobi griffen nach einer Schaufel und stiessen die Spitze in die gefrorene Erde. Zornig warfen sie die Erde ins ausgehobene Grab, schweigend, Schaufel um Schaufel.

Als sie die Allee wieder zurückgingen, wussten sie, dass Lucien sie immer wieder zurückrufen und dass sie herbeieilen würden, und dass sie nicht mehr finden würden als eines von vielen Gräbern mit einem eingravierten Namen, der nur ihnen etwas bedeutete.

Von irgendwoher hörten sie eine Frau weinen. Sie sahen eine einsame, gebückte Silhouette, eine unter vielen, die vor Jahren verloren hatte und nie aufgehört hat zu leiden. Und jetzt gehörten auch sie dazu.

Am Ende der Allee lösten sich drei Gestalten aus dem Nebel. Die eine erkannte Jakobi sofort. Es war Gina, begleitet von Dr. Schultheiß und Kop. Sie trugen alle drei einen Kranz. Clairette und Jakobi wollten nicht stehen bleiben, aber die drei wichen nicht zur Seite. Sie standen sich eine Weile gegenüber. Schließlich warf sich Gina an Jakobis Brust und weinte hemmungslos. Betreten ergriff Dr. Schultheiß Clairettes Hand, zog sie näher zu sich und streichelte ihr Haar. Kop stand daneben mit ernstem Gesicht. Jakobi dankte ihm mit einem Blick. Es war schön, dass Kop gekommen war.

Jakobi hielt Gina nicht fest, er ließ sie an seinem Körper hängen und schaute an Kop vorbei zum Blumenstand, der vor dem Eingang zum Friedhof aufgestellt war. Er sah die Blumenfrau, und sie sah, dass er sie anschaute. Ihr Lächeln, das Anteilnahme und Wärme ausdrückte, war mehr, als er sich an diesem Tag hätte wünschen können.

»Wir gehen jetzt zum Grab, Frau Dr. Jakobi.«

Dr. Schultheiß schien auf eine Antwort zu warten. Er wollte Clairette anschließend nochmals sehen, sie nach Hause fahren oder bei ihr sitzen. Er wusste nicht, ob ein Essen arrangiert war. Vermutlich hatte er das geplatzte Festessen im Jura noch in Erinnerung. Leutwyler hatte ihn damals auch eingeladen.

»Wir haben im Restaurant drüben reserviert«, sagte Clairette. Ihre Stimme klang müde.

Dr. Schultheiß nickte. Unruhig schaute er die Allee entlang. Dann folgte er Kop und Gina, die bereits weitergingen. Offenbar kannten sie die Grabnummer.

Im gegenüberliegenden Speiserestaurant war ein kleiner Saal reserviert. Der Wirt führte sie hinein. Die Tische waren mit weißen Tüchern bedeckt und zu einem Rechteck angeordnet. Der Wirt nahm den beiden Gästen beflissen die Mäntel ab. Routiniert, unbeteiligt, aber höflich. Für ihn war es nichts Besonderes, wenn der kleine Trauersaal reserviert wurde. Am Montag gab es Gulasch, am Dienstag Rehpfeffer, und am Wochenende wurde mal ein Greis begraben.

»Wann dürfen wir servieren?«

»Bringen Sie uns eine Flasche Gin und eine Flasche Cola.« Der Wirt verzog die Lippen.

»Sie sind doch Herr Jakobi.?« Jakobi nickte.

»Sie haben für vierzig Personen bestellt.«

Vierzig Gedecke auf den Tischen. Vierzig Flaschen Mineralwasser. Jakobi schob Clairette einen Stuhl hin und setzte sich neben sie. Er wollte saufen, und sie wollte es auch.

»Ich hab die Einladungen vergessen.«

Der Wirt wusste nicht so recht, ob er die beiden in die Wirtsstube versetzen sollte oder nicht. Schließlich verzog er sich, ohne sich entschieden zu haben.

»Du bist so weit weg, Marcel«, murmelte Clairette.

Jakobi berührte ihre Hand. Er wollte ihr etwas mitteilen. Clairette zog ihre Hand zurück.

»Jetzt habe ich alles verloren.«

»Du hast doch mich«, entgegnete Jakobi. Er meinte es ernst.

»Dich? Dich hab ich längst verloren, Marcel, das weißt du doch.«

Sie nahm eins der Gläser in die Hand, die neben den zahlreichen Gedecken standen, und drückte es fest. Sie schien sich daran festzuhalten. Es zersplitterte in ihrer Hand. Blut tropfte auf das weiße Tischtuch.

»Wozu soll ich noch leben?«

Jakobi wusste es auch nicht. Er fühlte sich ausgelaugt, wie nach einer anstrengenden Dienstreise, von der man nur noch das mühsame Herumstehen und Warten in Flughäfen in Erinnerung hatte. Er war froh, dass die Reise vorbei war, und es hätte ihn nicht sonderlich gestört, wenn es die allerletzte gewesen wäre. Irgendwie hatte er keine Lust mehr, an diesem Leben teilzunehmen. Er fühlte sich außerstande, Clairette Mut zu machen.

»Soll ich Dr. Weiss rufen?«

»Ich brauch keinen Arzt mehr, Marcel. Dich ... dich will ich.«

Jakobi starrte ins Leere. Er hörte wohl Clairettes Worte, aber sie machten für ihn keinen Sinn. Was wollte sie mit ihm schon anfangen?

Eine Serviertochter brachte eine Flasche Gin und ein Cola. Offenbar hatte der Wirt sich so entschieden, dass er sich nicht mehr persönlich um die beiden Gäste kümmerte. Jakobi nahm der Serviertochter die Flaschen aus der Hand.

»Ich mache das schon. Lassen Sie uns bitte alleine.« Die Serviertochter verließ den kleinen Saal und schloss die Tür hinter sich. Jakobi füllte die Gläser, halb Gin, halb Cola. Diese Mischung hatten sie früher oft getrunken. Früher, als die Tage noch ihnen gehört hatten.

Jakobi trank sein Glas leer und schenkte gleich wieder nach. Er schaute kurz zu Clairette hoch. Sie stellte ihr Glas wieder ab. Er wusste, dass der Gin sie an die schwülen Nachmittage im Hochsommer erinnerte, an das Planschen im kalten Wasser in den frühen Morgenstunden, an die frischen Salate im Gartenrestaurant, an die faulen Nachmittage im Schatten, an das Flattern der blau-weiß gestreiften Stoffstores im Wind und an das kühle Schlafzimmer, in dem sie sich von der Hitze erholten, ihre Körper eincremten und sich liebten, bis sie Lust hatten auf irgend etwas Verrücktes. Aber diese Zeiten waren längst vorbei. In den letzten Jahren hatte jeder bereits beim Aufstehen gewusst, was er in den nächsten vierundzwanzig Stunden zu tun hatte.

»Wir hatten in den letzten Jahren kaum Zeit füreinander, Clairette.«

»Du und Lucien, ihr seid die einzigen, die wirklich profitiert haben. Für Lucien hab ich alles hergegeben. Lucien ist tot. Nichts von dem, was ich an mir geliebt habe, ist geblieben. Ich hasse mich dafür.«

Clairette begann zu trinken, schenkte nach. Wenn sie mal in Stimmung war, hörte sie nicht mehr auf. Sie trank beinahe bis zum Koma. Jakobi ließ es geschehen. Es war ihm lieber so. Er sagte ihr noch, dass er sie nie verlassen werde, obwohl ihm dabei Gina in den Sinn kam. Aber Gina, das war nicht Liebe, das war sexuelle Leidenschaft, zwei Stunden, um alles andere zu vergessen.

»Du hast mich längst verlassen, Marcel, ich existiere nicht mehr, ich hab mich in Luft aufgelöst.«

»Was kann ich denn tun?« fragte Jakobi.

»Früher hast du es noch gewusst.«

Clairette schenkte sich nach. Sie warf ihm einen feindseligen Blick zu. Jakobi wich ihr aus. Er konnte ihr Lucien nicht zurückbringen. Seine Untätigkeit schien sie zu reizen. Jedes Mal, wenn sich Lucien einen kleinen Schnupfen geholt hatte, war Jakobi der Arbeit ferngeblieben. Er hatte an Luciens Bett Nachtwache gehalten, um Clairette zu beruhigen. Er hatte nicht mal die Zeitung lesen dürfen. Und jetzt, wo keine Nachtwache mehr helfen konnte, würde es vermutlich noch schlimmer werden. Es gab kein Taxi, das Jakobi um zwei Uhr morgens besteigen konnte, um in einer Nachtapotheke einen zweiten oder dritten Fiebermesser zu kaufen, weil Clairette dem ersten misstraute. Jakobi wusste nicht mehr weiter. Er leerte sein Glas und schenkte nach.

Jakobi war erleichtert, als Dr. Schultheiß, Gina und Kop vom Friedhof zurückkamen und sich zu ihnen setzten. Sie realisierten gleich, dass hier kein Chateaubriand serviert wurde. Etwas verlegen musterte Schultheiß die leere Gin-Flasche.

»Darf ich euch nach Hause fahren?«

Clairette schien wie erlöst. Sie nickte stumm erhob sich. Zögernd stand auch Jakobi auf. Aber sein Zögern hatte Clairette zu lange gedauert.

»Geh ruhig mit Kop kegeln.«

»Heute?« fragte Jakobi.

»Immer«, antwortete Clairette und ließ sich von Dr. Schultheiß in den Mantel helfen. Gemeinsam verließen sie den Saal.

»Wieso gehen wir nicht kegeln, das wäre nicht das Dümmste. Kommst du mit, Gina?«

Jakobi hörte ihre Antwort nicht. Er ging hinaus. Als

er auf die Straße trat, fuhr der Mercedes von Dr. Schultheiß bereits die Hörnliallee hinunter. Jakobi ging zum Friedhof zurück. Vor dem Blumenstand blieb er stehen, kaufte Blumen. Erst jetzt kam ihm in den Sinn, dass er im Wirtshaus noch nicht bezahlt hatte. Er mochte nicht zurückgehen. Die Blumenfrau schenkte ihm eine schwarze Rose. Er lächelte ihr zu, er glaubte sich zu erinnern. Dann fiel ihm ein, dass sie früher im Blumenladen an der Heuwaage arbeitete. Sie war Mitte Dreißig. Meistens trug sie Jeans und ein violettes Hemd dazu. Jakobi mochte sie. In ihrer Nähe fühlte er sich ruhig. Er hatte das Gefühl, dass in seinem Leben alles schief gelaufen war und dass er, könnte er nochmals von vorne anfangen, heute alles anders machen würde. Aber das Leben war kein Spiel, das man nach Belieben abbrechen und neu eröffnen konnte. Leben war immer Ernstfall und jeder Fehler verhängnisvoll.

Jakobi schritt erneut die Friedhofsallee entlang. Die Kälte war beißend. Irgendwie sehnte er sich nach Strafe. Auf Luciens Grab lagen bereits vier Kränze. Und auf dem einen stand »LUCAS«. Fieberhaft versuchte sich Jakobi zu erinnern. Wer hatte den vierten Kranz getragen? Schultheiß, Kop oder Gina? Jakobi konnte sich nicht vorstellen, dass einer von ihnen Lucas war. Keiner würde ihm das antun. Ausgerechnet jetzt. Hatte ein Unbekannter den Kranz niedergelegt, während er mit Clairette im kleinen Saal saß? Grauwiler? Am meisten ängstigte ihn der Umstand, dass der fremde Kranzstifter keinerlei Rücksicht auf sein persönliches Leid nahm. Offenbar war Lucas zum Äußersten entschlossen. Lucas kannte kein Mitleid.

Als Jakobi eine halbe Stunde später den Friedhof verließ, war die Blumenfrau verschwunden.

5

Jakobi lag im Kinderzimmer auf dem Boden und setzte den gelben Lego-Lieferwagen zusammen, dessen eine Seitenwand weggebrochen war. Er rasterte die umgekippten Lego-Figuren in die vorgestanzten Bodenplatten und verbesserte die Außenwand des Feuerwehrhauses. Vor drei Tagen hatte er zuletzt Luciens Grab besucht. Er fühlte sich innerlich zerrüttet, ruhelos, erschöpft. Er mochte keine Menschen sehen. Seit Stunden lag er in Luciens Zimmer. Der flaue Nachmittag ging langsam zu Ende. Es war ein regnerischer Tag gewesen, finster und trüb. Melancholisch drehte sich Jakobi auf den Rücken. Er griff nach einem Kinderbuch: »Was macht der Weihnachtsmann im Juli?«. Lucien hatte es gewusst.

Wie ein Blinder tastete sich Jakobi von Spielzeug zu Spielzeug, aber Lucien blieb fern. Der penetrante Geruch des Desogens hatte sich durchgesetzt. Jakobi griff nach einer herumliegenden Plastiktüte und warf die steril verpackten Kanülen und die Sondennahrung hinein. Er wollte die Bilder der Vergangenheit neu entwerfen, ein glückliches Kind, umsorgt und verhätschelt. Aber ohne Magensonden.

»Lass das liegen.«

Clairette hatte unbemerkt das Zimmer betreten. Es war genau ein Uhr, Zeit für Luciens »Mittagessen«. Jakobi schaute zu ihr hoch, suchte nach irgendeiner kleinen Regung in ihrem Gesicht, die Gemeinsamkeiten aufzeigte, Versöhnung, Frieden.

»Ich hab's Lucien versprochen. Ich hab ihm versprochen, das Zeug in den Container zu werfen, sobald er ...«

Jakobi behielt die Plastiktüte in der Hand. Clairette machte keine Anstalten, sie ihm wegzunehmen.

»Mir hast du auch viel versprochen, Marcel. Damals, vor vielen Jahren.«

»Warte doch, Clairette.«

Doch sie hatte das Zimmer bereits verlassen. »Clairette, Lass es uns nochmals versuchen.« Clairette erschien wieder im Türrahmen.

»So einfach, wie du dir das vorstellst, geht das nicht mehr, Marcel. Ich bin zerstört. Ich hab mich letzte Woche beerdigt. Von ein paar netten Worten werde ich nicht mehr lebendig.«

Jakobi trug die Plastiktüte vor das Haus und warf sie in den Container. Ferdinand, ein vierjähriges Kind aus der Nachbarschaft, fuhr auf seinem Dreirad auf Jakobi zu.

»Darf ich zu Lucien spielen gehen?«

Jakobi erkannte Clairettes Silhouette hinter den Gardinen im Wohnzimmer.

»Heute nicht.«

»Und morgen?«

Jakobi fuhr dem kleinen Ferdinand übers Haar. Vielleicht würden sich seine Eltern irgendetwas einfallen lassen und es ihm erklären. Lucien arbeitet jetzt beim Sankt

Nikolaus im Wald und sortiert die Kinderpost, bestellt die Spielsachen und überprüft die Liefertermine, irgend so was. Schließlich kannte sich Lucien aus in Spielsachen. Er war ein Fachmann auf diesem Gebiet. Und dann würden alle Kinder Lucien beneiden und fragen, ob sie auch beim St. Nikolaus arbeiten dürfen. Das wäre der Punkt, wo's schwierig würde. Wieso durfte Lucien zum St. Nikolaus, und warum darf Ferdinand nicht? Das war eine Frage, die Jakobi beschäftigte. Sie trieb ihn zur Verzweiflung. Warum Lucien? Es gab keinen Autofahrer, der Lucien zu Tode gefahren hatte. Niemand war verantwortlich, niemand schuldig.

Ferdinand duckte sich unter Jakobis Hand und fuhr weiter. Am Ende der Straße sah er einen blauen Chevrolet einbiegen: Kop.

Jakobi ging ins Haus zurück.

Clairette schlich mit der Gießkanne durch die Wohnung.

»Was machen wir heute Abend?« fragte Jakobi. Es war nicht ernst gemeint.

»Kops Wagen steht vor der Tür«, antwortete Clairette und lächelte still, als habe sie längst Jakobis Absichten erkannt.

»Kop?« fragte Jakobi mit gespielter Verwunderung, »der will vermutlich Bowling spielen. Wir könnten alle drei Bowling spielen. Was meinst du, Clairette?«

Clairette füllte die Gießkanne nach und schlich wieder durchs Zimmer.

»Du weißt doch, dass ich nicht gerne spiele. Ich hab genug gespielt.«

»Und ich?«

Es klingelte an der Haustür.

»Sollen wir den Abend zusammen verbringen?«

»Kop ist jetzt da.«

Sie tat so, als hätte sie irgendetwas vorgehabt mit Jakobi. Aber das tat sie immer, wenn Kop auftauchte. Sie hasste ihn. Kop verkörperte alles, was sie abstieß: brachiale Männlichkeit, Chauvinismus, Hemdsärmligkeit, Angeberei.

»Wir sollten ein wenig unter die Leute«, sagte Jakobi zögernd, »in unseren vier Wänden, ich meine, es ist doch schwer genug; wenn wir so weitermachen, enden wir in der Klapsmühle ...«

»Früher haben wir ganze Wochen in einer kleinen Mansarde verbracht. Erinnerst du dich?«

»Ich halt's nicht aus, Clairette, ich muss in die Stadt, unter die Leute, irgendwas tun, so unsinnig es auch sein mag.«

»Wenn's dir hilft, geh ruhig.«

Es klingelte nochmals an der Haustür, stürmisch.

»Und du?«

»Leichen lässt man am besten zu Hause. Aber irgendwann fangen sie an zu stinken. Und dann wird's ungemütlich.«

Die schwere Bowlingkugel schlug krachend auf der Bahn auf und hüpfte nach links, bis sie in die Seitenrille einspurte, ohne einen Kegel zu berühren.

Die Bowlinghalle war fast leer. Von den acht Bahnen waren nur gerade zwei belegt. Jakobi setzte sich hinter das kleine Regiepult und zog mit einem Bleistift eine Diagonale durch das vorgezeichnete Dreieck. Kop griff nach der schwarzen Kugel. Elegant schob er die Kugel mit wenig Kraft über die Bahn. Zielstrebig peilte sie die

Mitte

der Kegelformation an. Die Kegel spickten zur Seite, bis auf zwei. Der eine wankte und traf im Fallen schließlich den letzten Kegel, der sich wieder ausbalanciert hatte. Kops Sieg war allzu krass ausgefallen. Er versuchte, ihn herunterzuspielen.

»Glück«, murmelte er beiläufig und verzichtete sogar darauf, sein letztes Spiel einzutragen.

Marcel Jakobi saß am Regiepult und spielte mit dem Bleistift. Die Spitze hatte er aus Versehen abgebrochen. Kop legte seine Hand auf seine Schulter.

»Du brauchst zwei Jahre, Marcel. Du wirst darüber hinwegkommen. Du musst. Mach doch 'ne kleine Reise, Mittelmeer oder so.«

Kop zog die Bowlingschuhe aus, sie waren im Center Vorschrift.

»Ich kann nicht fort, ich denk immer, vielleicht kommt Lucien wieder zurück. Er spielt beim kleinen Ferdinand nebenan. Ich ruf gleich die Eltern, dass sie Lucien rüberschicken.«

Kop schwieg. Er hatte Jakobis Problem längst verstanden. Aber als Pragmatiker interessierte ihn nur die Lösung. Die nächsten drei Monate totschlagen. Er würde dabei sein und seinem Freund beistehen. Er würde zuhören und irgendwann im Frühling auf den Tisch klopfen. Dann musste die Trauerarbeit langsam zu Ende sein.

»Komm«, sagte Kop mit einer ungewöhnlich weichen Stimme, »wir gehen in die Rio-Bar.«

Die nächsten Tage verbrachte Jakobi bis spät abends im Büro. Er war froh, arbeiten zu können. Je mehr, desto besser. Es war das erste Mal in seinem Leben, dass er wirkliche Leistung erbrachte. Er schuftete wie ein Besessener, kein Detail war klein genug, um nicht von ihm persönlich betreut zu werden. Er sortierte sogar die Post und schlitzte jedes Couvert sorgfältig mit dem Briefmesser auf, als gelte es, ein Kunstprodukt für die nächste Biennale herzustellen. Er studierte jeden Werbeprospekt, prüfte jedes Angebot auf Herz und Nieren und löste sogar die stupiden Wettbewerbe der Versandfirmen. In der morgendlichen Prospektflut fühlte er sich pudelwohl, er war beschäftigt, konnte vergessen und hatte dennoch keine Entscheidungen zu treffen, die von Belang gewesen wären. Die tägliche Post war etwas vom Schönsten in seinem Tagesablauf. Bis zu jenem Tag, an dem diese mysteriöse Karte aus Genf eintraf.

»Ich werde dich töten«, stand darauf, und als Absender: »LUCAS.«

Jakobi sprang von seinem Stuhl hoch und lief mit der Karte in Dr. Schultheiß' Büro. Seit Schultheiß am Tage der Beerdigung Clairette nach Hause gefahren hatte, schien er Jakobi noch mehr zu verachten. Schultheiß liebte Clairette. Vermutlich mehr als eine Tochter. Er spürte, dass sie unglücklich war und von Jakobi keine Hilfe erhielt. Oder waren es diese ewigen Querelen mit Kop, denen Jakobi nicht ein für allemal ein Ende setzte? Fürchtete Schultheiß um seinen Job? Schultheiß war ein *workaholic*. Natürlich hatte er in seinem Leben genug Mittel beiseite geschafft, um einen angenehmen Lebensabend verbringen zu können. Aber einem Mann, der für die Arbeit lebte, durfte man den Job nicht wegnehmen. Der würde sogar auf der Intensivstation eine Renditeberechnung zu Ende führen, bevor er nach mehr Sauerstoff verlangte.

»Ich habe eine Karte aus Genf erhalten«, sagte Jakobi und schaute Dr. Schultheiß forschend an. Schultheiß schob die Brille über die Nase und blickte von seinem Schreibtisch hoch.

»Sie haben eine Karte aus Genf erhalten?«

»Ja.«

»Von einem Kunden?« fragte Schultheiß mit ruhiger Stimme.

»Ich weiß es nicht.« Jakobi war sehr aufgeregt.

»Wie heißt er denn?«

Jakobi schwieg. Langsam streckte Schultheiß seine Hand nach der Postkarte aus. Jakobi zögerte. Wortlos verließ er das Zimmer.

6

Die Wochen verstrichen mühsam wie zäher Schleim. Es gab Tage, an denen Jakobi vergaß und die plötzliche Erinnerung umso schreckhafter die Vergangenheit wieder aufrollte.

Was Clairette in jenen Wochen tat, wusste Jakobi nicht. Vermutlich widmete sie sich mit Akribie dem Haushalt. Der verhasste Haushalt war ihre Domäne geworden. Jegliche Mithilfe war Jakobi verboten. Ihre Arbeit nahm zu und mit ihr der Ärger darüber. Sie wollte perfekt sein, unersetzlich. Täglich reinigte sie die Klos. Manchmal bildete sie sich ein, Rinnsale zu entdecken, die Kalk absonderten. Dann verbrachte sie die Nachmittage mit dem Aufspüren von geeigneten Gummidichtungen und biologischen Entkalkungsmitteln.

Auf dem Friedhof fühlte sich Jakobi Clairette am nächsten. Sie fuhren jedoch nie gemeinsam hinaus. An den frischen weißen Rosen erkannte Jakobi jeweils, dass Clairette hier gewesen war. Und so kaufte auch Jakobi bei der Blumenfrau, die ihn jedes Mal von neuem faszinierte, frische Blumen, um Clairette zu zeigen, dass auch er hier gewesen war. Es kam auch vor, dass sie sich auf der Friedhofsallee begegneten. Einmal blieb Jakobi stehen, Clairette ging weiter. Sie erwartete von ihm, dass er nochmals zum Grab zurückkam. Oder auf sie wartete. Sie wollte ein kleines Opfer. Jakobi versuchte, auf sie zu warten. Zwischen den Gräbern. Es gab bei jedem neuen Besuch irgendwo ein frisches Grab. Auch dieser kalte Herbst forderte seine Opfer und fegte in den Spitälern ganze Abteilungen leer. Aber an diesem Abend blieb Clairette vor dem Grab stehen. Es war sehr kalt. Jakobi wusste, dass sie ein Opfer wollte. Jakobi versuchte, es durchzustehen. Er schaffte es nicht. Als Jakobi gegen Mitternacht den Friedhof verließ, stand Clairette noch immer vor Luciens Grab.

Sie kam erst in den frühen Morgenstunden nach Hause. Sie war am nächsten Tag furchtbar erkältet. Die nächsten zehn Tage verbrachte sie mit Fieber im Bett. Jakobi legte ihr die Medikamente vor die Tür. Am Morgen brachte er auch eine Kanne mit heißem Tee. Clairette hatte sich in Luciens Zimmer eingeschlossen. Manchmal, wenn sie aufs Klo ging, schlich er hinein und tauschte die leere Teekanne aus.

Abends besuchte er jeweils Luciens Grab. Da Clairette krank war, kaufte er an ihrer Stelle die weißen Rosen und stellte sie in die Vase, die aus der Erde ragte. Den Kranz mit der Aufschrift »Lucas« hatte Jakobi längst weggenommen und auf ein verlassenes Grab gelegt. Der Gedanke an »Lucas« ängstigte ihn wohl, aber er verdrängte ihn. Er nahm sich in dieser Hinsicht nichts Besonderes vor. Er wollte nichts unternehmen, einfach abwarten. Irgendwann würde sich die Sache von selbst erledigen.

Als Clairette nach zehn Tagen Luciens Zimmer wieder verließ, war sie gänzlich verstummt. Wie ein Gespenst huschte sie nachts durch die Flure des toten Hauses. Sie nahm Jakobi nicht mehr wahr. Er ließ sie gewähren und stellte keine Fragen. Sie lernten schnell, wortlos zu kommunizieren. Jeder verstand die Signale des andern. Wenn Clairette nachts vor dem Fernseher saß und ihr leeres Glas Mineralwasser anstarrte, so wusste Jakobi, dass er in der Küche eine neue Flasche holen musste. Wenn sie dabei aber enerviert auf die Uhr schaute und sich ihre Gesichtszüge verspannten, so wusste Jakobi, dass sie eigentlich müde war und schlafen wollte, aber nicht konnte. Sie wollte eine Flasche Rotwein. Clairette hasste aus unerfindlichen Gründen den Keller. Deshalb musste sie mit Jakobi kommunizieren, wenn sie Getränke wollte. Alles andere besorgte sie selbst. Wenn sich Jakobi an den Mittagstisch setzte, beendete sie ihre Mahlzeit. Saß Jakobi bereits am Tisch, wartete sie, bis Jakobi zu Ende gegessen und sich vom Tisch erhoben hatte. Erst dann betrat sie in die Küche.

Clairette bewegte sich nur noch zwischen Schlafzimmer, Küche und Wohnzimmer. Sie gewöhnte sich an, bis zum Sendeschluss vor dem Fernseher zu sitzen. War das Fernsehprogramm zu Ende, schob sie einen Film in den Player. Um Bücher zu lesen, fehlte ihr die nötige Konzentration. Nach wenigen Zeilen legte sie das Buch jeweils beiseite. Irgendetwas war ihr aufgestoßen, hatte sie an Lucien oder ihr eigenes Leben erinnert.

Jakobi leistete ihr ab und zu Gesellschaft. Manchmal löste irgendein Fernsehbild eine Assoziation aus, die eine gemeinsame Erinnerung wachrief. Nur selten tauschten sie Blicke aus. Jakobi liebte Clairette, vielleicht war es auch weniger als Liebe, vielleicht bloß die Verpflichtung aus vergangenen Jahren, ihr beizustehen. Denn im Grunde genommen fühlte er sich in ihrer Nähe unwohl, irgendwie bedroht. Besonders im Haus. Clairette war unnahbar geworden. Die Atmosphäre knisterte vor Spannung, vor aufgestauter Wut. Wenn sich Clairette Wein nachschenkte, hatte er Angst, sie würde die Flasche gleich in den Fernseher schmettern und wortlos zu Bett gehen. Holte sie ein Messer, um sich vor dem Fernseher ein paar Scheiben Käse zu schneiden, wechselte er den Sitz, wählte die entferntere Couch, als habe er Angst, von ihr ohne Vorwarnung erstochen zu werden. Sie machte ihm Angst. Und wenn sie stundenlang im abgedunkelten Zimmer von Lucien saß und dann plötzlich in den Flur hinaustrat, schloss Jakobi leise seine Zimmertür und stellte sich schlafend. Irgendwann hatte Clairette das Doppelbett getrennt und Jakobis Bett in das Zimmer geschoben, welches er als Heimbüro benutzte.

Auch an diesem Abend überlegte Jakobi, ob es irgendein Thema gab, das er anschneiden konnte, um Clairette zum Reden zu zwingen. Solange sie redet, dachte Jakobi, wird sie sich zu keinem unkontrollierten Ausbruch verleiten lassen. Aber er kannte kein Thema, das er hätte anschneiden können, kein Thema, das Garantie für einen friedlichen Dialog bot. Sollte er wieder den kleinen Bahnhofangestellten spielen, um ihr Mitleid zu erwecken? Sollte er ihr erzählen, dass er in der Tinte saß? Die Sache mit Lucas? Sollte er sie auffrischen, indem er von ihr redete? Clairette würde ihm nie verzeihen, dass er Grauwiler ausgeplündert hatte. Dennoch musste er davon sprechen.

»Schultheiß und Kop hatten heute wieder Streit miteinander«, versuchte Jakobi den Einstieg.

»Kürzlich hat er sogar gesagt: 'Ersparen Sie uns einen zweiten Fall Grauwiler.' Erinnerst du dich an Grauwiler?«

Clairette drückte wahllos die Fernbedienung. Das Programm wechselte in Sekundenintervallen. Offenbar hatte Jakobi ihr Interesse doch so weit geweckt, dass sie sich nichts Bestimmtes mehr sehen wollte.

»Grauwiler war mein erster Kunde. Ich war noch keine zwei Wochen in der Firma.«

»Warum erzählst du mir das?« fragte sie. Ihr Blick war schroff und vorwurfsvoll.

Jakobi bereute längst, das Gespräch eröffnet zu haben. Jetzt würde wohl gleich Clairettes Monolog folgen über Gott und die Welt und über die Trostlosigkeit ihrer Existenz.

»Es ist lange her, seit du mir etwas von der Firma erzählt hast.«

»Ich wusste nicht, dass du dich dafür interessierst.« Jakobi war mit diesem Satz ins Fettnäpfchen getreten. Er wusste, dass er soeben das Signal für eine endlose Diskussion gegeben hatte, die nur in einer Eskalation enden konnte, die alle bisherigen Auseinandersetzungen in den Schatten stellte. Jakobi sehnte die Stunde herbei, in der Clairette zu Bett gehen würde.

»Ich interessiere mich sehr wohl für meine Firma. Aber das hast du vergessen, verdrängt, weil du mich zu deinem Hausmädchen degradiert hast. Aber das wird sich jetzt ändern, Marcel. Für den Haushalt wirst du bestimmt jemand finden.«

»Was hast du vor?«

Jakobi war verunsichert. Wenn Clairette in Fahrt

kam, ließ sie ihn nicht einmal als Wurm gelten. Er wollte ihr zuvorkommen, klein beigeben, die abstrusesten Vorwürfe erdulden, gestehen und auf die Knie sinken, damit sie ihn wieder hinaufzog. Vielleicht sogar zu sich.

»Wieso sprichst du so? Ich weiß, dass ich dir alles zu verdanken habe. Ohne dich stünde ich heute immer noch an dieser Imbiss-Bude am Bahnhof.«

»Wer weiß, vielleicht stehst du bald wieder dort.« Clairette schwieg. Jakobi ahnte, dass sie irgend etwas im Schilde führte.

»Willst du mir drohen?«

»Womit denn?« lachte Clairette.

Sie war in ihrem Element. Sie ignorierte die Klingel, die von neuem schrill ertönte. Es musste Kop sein. Außer ihm wagte es niemand, so lange den Daumen auf die Klingel zu drücken.

»Soll ich aufmachen?« fragte Jakobi.

»Ich erwarte keinen Besuch.«

Die Diskussion schien ihr allmählich Spaß zu machen.

»Ich erwarte auch keinen Besuch.«

»Dann bleib sitzen, ich rede mit dir.« Jakobi war aufgestanden. Er überlegte fieberhaft, wie er sich nun verhalten sollte. Er hätte nichts dagegen gehabt, sich wieder zu setzen, aber anderseits wäre die Demütigung eine Spur zu groß geworden.

»Worüber willst du mit mir reden?«

»Ich bin kaputt, darüber werden wir reden.«

Jakobi durchquerte das Wohnzimmer. Clairette sprang auf und versperrte ihm den Weg zum Flur. Sie wollte ihn zwingen, gewalttätig zu werden. Wenn er Kop die Tür öffnen wollte, musste er ihren Arm wegdrücken.

Aber Gewalt war für Jakobi keine Option. Er hatte noch nie in seinem Leben einen Menschen geschlagen.

»Ich hasse es, wenn man mir droht.«

Jakobi ergriff ihren ausgestreckten Arm. Clairette drückte ihn fester gegen den Türrahmen.

»Wenn du mich heute Abend verlässt, brauchst du nicht mehr zurückzukommen. Ich schließe die Tür ab und sperr dich aus. Deine Kleider kannst du dir dann im Garten zusammensuchen.«

Jakobi wusste, dass sie es ernst meinte. Ohne Gesichtsverlust würde er den heutigen Abend nicht überstehen.

Als die Klingel nochmals ertönte, griff er nach Clairettes Arm, aber sie zog ihn schnell zurück und wich zur Seite. Sie lächelte mit einem bösartig triumphierenden Blick, der Rache und Bestrafung ankündigte.

Jakobi öffnete die Tür. Kop war ein bisschen aus der Fassung geraten.

»Mein Gott, Marcel, in einer halben Stunde müssen wir dort sein.«

»Wo?«

»Bei Gribi, du Pflaume.«

Jakobi ging ins Wohnzimmer zurück. Kop folgte ihm nervös. Clairette saß im Fauteuil und lächelte charmant.

»Guten Abend, Frau Dr. Jakobi.«

Kop ging hastig auf sie zu und gab ihr mit betonter Freundlichkeit die Hand. Clairette blieb sitzen. Sie fixierte Kop, um ihn in Verlegenheit zu bringen. Sie wusste, dass er ihrem Blick nicht standhielt. In ihrer Gegenwart schmolz er wie ein Schneemann unter der Sonne. Sein Blick schweifte an den Wänden entlang. Nervös wippte Kop mit der Schuhspitze auf und ab und wartete, bis Jakobi endlich mit seinem Regenmantel zurückkam.

»Bei uns gibt's immer viel Ärger, die Firma Gribi, erinnern Sie sich ...«

»Ich kenne alle Kunden in meiner Firma.« Kop stockte und fuhr gleich fort:

»Die wollen uns die neuen Produktionsräume zeigen, kleiner Apéro und so. Wir müssen demonstrieren, dass wir nicht nur an ihrem Geld interessiert sind, sondern auch an ihren Produktionsräumen ...«

»... und am Whisky.«

Marcel Jakobi war ins Wohnzimmer zurückgekommen. Er trug bereits den hellgrauen Regenmantel auf dem Arm. Kop lachte laut heraus. Lachen entkrampfte ihn.

»Kannst du nicht allein hingehen?« fragte Clairette.

»Der alte Gribi will ihn unbedingt persönlich sehen, er will irgendetwas mit ihm besprechen ...«

»Das wollten wir eigentlich auch«, unterbrach in Clairette.

»Aber das ist sehr wichtig, Frau Dr. Jakobi. Marcel darf den alten Gribi nicht verärgern. Schließlich ist er der Boss unserer Firma.«

»Nicht mehr lange«, sagte Clairette. Ihr Lächeln war kalt und grausam.

Kop warf Jakobi einen fragenden Blick zu. Eine Änderung in der Hierarchie hätte auch für ihn unabsehbare Folgen. Aber Jakobi überlegte gerade, ob er Clairette einen Abschiedskuss geben konnte. Gab er ihr einen, oder versuchte er es wenigstens, würde sie demonstrativ den Kopf drehen. Gab er ihr keinen, würde sie ihm das zum Vorwurf machen. Wortlos verließ Jakobi das Wohnzimmer und schritt den Flur entlang. Kop folgte ihm, verabschiedete sich nochmals mit »Frau Dr. Jakobi«.

Jakobi war froh, als er endlich die Haustüre geöffnet hatte und die kühle Luft im Gesicht spürte.

»Spiel nicht zu lange Bowling«, rief ihm Clairette nach, »du kriegst davon Sehnenscheidenentzündungen. Geht gescheiter in eine Bar, dort erkältest du dich nicht.«

Kop lachte leise vor sich hin.

»Auf den alten Gribi!« lachte Kop, als er sein Champagnerglas hob.

»Auf den alten Gribi«, entgegnete Jakobi ohne Begeisterung. Sie saßen beide in ausgelassener Stimmung in der Rio-Bar an der Theke und alberten herum. Sie hatten schon etliche Gläser getrunken und glotzten jovial in die Spiegelwand der Flaschenregale. Jakobi genoss es, leicht angetrunken zu sein. In den letzten Monaten war es für ihn immer schwerer geworden, diese ganze Welt (und seine dazu) nüchtern zu ertragen. In letzter Zeit genehmigte er sich gegen elf Uhr mittags öfter ein Gläschen Weißen zum Aperitif, zum Mittagessen einen Zweier Roten, und abends soff er sich in den Schlaf. Es fiel ihm wohl auf, dass er sich öfter verhaspelte, dass er Blackouts hatte, und manchmal wusste er nach dem Beenden eines Telefonats nicht mehr, mit wem er soeben telefoniert hatte. Er vergaß es einfach, für ein, zwei Minuten.

Jakobi schaute zu Kop hoch. Jetzt erinnerte er sich wieder, dass Kop ihn mit einer Ausrede aus dem Haus geholt hatte.

»Wieso hast du den Gribi erwähnt? Den haben wir längst verloren.«

»Das war doch ein ausgekochtes Arschloch, kannst froh sein, dass ich den losgeworden bin«, lachte Kop und hob sein Glas.

»Clairette würde das anders sehen.«

Kop winkte ab:

»Sei doch froh, dass ich dich rausgeholt habe. Das ist ja schlimmer als im Knast. Im Knast bist du wenigstens in Sicherheit.«

Kop winkte die Serviertochter herbei. Er wollte eine zweite Flasche bestellen. Er winkte lässig, wie all die Aufreisser, die abends mit ein paar Banknoten in der Tasche die Stadt erobern wollen. Kop war kein großer Trinker, aber wenn er etwas Wichtiges von Jakobi erfahren wollte, soff er mit Absicht mit. Jakobi hingegen gehörte zu jenen, denen noch nicht bewusst war, dass sie Säufer waren, weil sie immer noch funktionierten, am Morgen frischrasiert und pünktlich zur Arbeit gingen und noch nie versucht hatten, einen Tag ohne einen edlen Tropfen Wein abzuschließen.

»Will Clairette in die Firma zurück?« fragte Kop. Jakobis Augen wurden unruhig. Wenn Clairette sich mit Kop verbündete, hatte er keine Chance mehr. Der Gedanke schoss ihm wie eine Rakete durch den Kopf.

»Wieso fragst du? Hat Clairette etwas gesagt?«

»Du warst dabei. Das war ja wohl mehr als eine Andeutung. Du musst der Sache nachgehen, Marcel. Wenn sie merkt, dass ich aus der Firma ihres ehrwürdigen Vaters einen Waschsalon gemacht habe ...«

Kop duckte sich lachend, als habe eine unsichtbare Clairette bereits zum Schlag nach ihm ausgeholt.

»Ernsthaft, Marcel, wenn die zurückkommt, können wir einpacken.«

Kop sprach immer in der Wir-Form, wenn er sich bedroht fühlte. Bei Erfolgen hingegen blieb er der Ich-Form treu. Sie entsprach auch eher seinem Charakter.

»Ich hab mir nichts vorzuwerfen«, entgegnete Jakobi und begann plötzlich, zum ersten Mal seit Wochen, zu lachen: »Es sei denn, dass ich dich eingestellt habe.«

Beide stießen grinsend miteinander an.

»Auf den Fall Grauwiler«, murmelte Kop und beobachtete aufmerksam Jakobis Reaktion.

Jakobi setzte sein Glas gleich wieder ab. Mit dieser Bemerkung hatte ihm Kop den ganzen Abend verdorben. Er war richtig wütend auf Kop.

»Was ist los mit diesem Grauwiler?« fragte Kop und machte ein ahnungsloses Gesicht.

»Verschickst du ab und zu Postkarten?«

»Ich?« Kop war überrascht. Er schien die Pointe zu suchen.

»Erzähl mal von deinem Grauwiler. Was ist damals passiert?«

»Er war mein erster Kunde. Ich hab ihn verloren. Das ist alles.«

»Wie viel hat *er* verloren?«

»Wer?« fragte Jakobi misstrauisch.

»Grauwiler«, entgegnete Kop jovial.

Jakobi musterte Kop ziemlich lange. Er war zu verwirrt, um Kop Paroli zu bieten. Er wollte herausfinden, ob Kop etwas wusste. Es störte ihn nicht, dass sein Schweigen der Grauwiler-Affäre zusätzliches Gewicht verlieh. Er überlegte, ob er irgendeine Bettgeschichte erfinden sollte, aber Kop hatte in der Zwischenzeit vermutlich längst im Archiv nachgeschaut und herausgefunden, wer Grauwiler war.

»Kannst du ein Geheimnis für dich behalten?« fragte Jakobi.

Kop nickte. Jakobis Mund verzog sich zu einem breiten Lächeln.

»Ich auch, mein lieber Freund, deshalb behalte ich es für mich.«

»Komm schon«, sagte Kop, »ich verrate dir nachher auch ein Geheimnis, ich glaube sogar, es ist ziemlich wichtig für dich.«

Jakobi war überzeugt, dass Kop irgendeine Beobachtung gemacht hatte im Zusammenhang mit »Lucas«. Hatte er ihn vielleicht zusammen mit Gina im Hotel Euler gesehen?

»Grauwiler war ein Fleischfabrikant aus Genf. Er hat mir Geld anvertraut. Ich hab damit an der Börse gespielt und eine Kleinigkeit gewonnen. Dann hab ich's ihm zurückgegeben. Mein Schwiegervater war damals ziemlich sauer. Grauwiler war für uns verloren.«

Jakobi sprach ziemlich schnell, eigentlich hatte er die Wahrheit erzählen wollen, aber er wusste sehr wohl, dass Kop zwar ein netter Kerl, aber von Natur aus auch schlitzohrig war. Und wenn er seine Nase in die Grauwiler-Affäre steckte, konnte alles nur schlimmer werden. Jakobi wollte nur eins, das Geheimnis von Kop kennen.

»Verrate mir jetzt dein Geheimnis.«

Kop lachte laut auf und klopfte Jakobi auf die Schulter. Der Champagner schwappte über den Gläserrand.

»Ich verrate dir jetzt wirklich ein Geheimnis: Ich bin dein Freund, und wie alle guten Freunde hab auch ich vor dir keine Geheimnisse.«

Das war typisch Kop. Eigentlich verstand Jakobi gar nicht so richtig, welchen Narren er an diesem Kop gefressen hatte. Lag es einfach daran, dass er im Gegensatz zu Clairette oberflächlich und unbekümmert alles aussprach, was ihm einfiel? Dass er lachen und sich freuen konnte?

Jakobi wollte den Abend beenden. Die Ausbeute war mager. Kop spürte, dass Jakobi genug hatte. Kop hätte gerne noch eine dritte Flasche bestellt, um ihn hinzuhalten, aber der blaue Chevrolet stand drüben im Parkhaus. Er wollte damit nach Hause fahren, aber einigermaßen nüchtern. Kop war durchaus ein Mann von Prinzipien.

»Schläfst du schon lange in deinem Arbeitszimmer?« Kop versuchte, sich in Jakobis Intimsphäre zu bohren. Das ersparte ihm die dritte Flasche Wein und sicherte ihm dennoch Jakobis Aufmerksamkeit.

»Ich bin gestern spät zu Bett, ich wollte Clairette nicht wecken.«

»Für mich sah es nicht gerade wie ein Provisorium aus«, sagte Kop mit übertrieben sorgenvoller Miene.

»Was machst du nachts alleine in deinem Arbeitszimmer? Studierst du das neue Scheidungsrecht?«

»Ich will mich nicht scheiden lassen«, entgegnete Jakobi verärgert. Eigentlich hätte er schon gewollt, aber er konnte nicht. Er hatte, das gestand er sich durchaus ein, Angst davor.

»Abwarten, Marcel, morgen wirst du es wollen. Bei mir war es genauso. Man sieht sich immer weniger, als wolle man den Partner auf das Single-Dasein vorbereiten. Gib ihr ruhig das Gefühl, dass du fremdgehst. Das macht die Sache einfacher. Hast du eigentlich keine Geliebte?«

War es das, was Jakobi an Kop schätzte, diese direkte Art, plump und hölzern, zuweilen geschmacklos und primitiv, aber eben ehrlich und offen.

»Wenn ich Clairette verlasse, bringt sie mich um.« Kop winkte lachend ab.

»Als ich meiner Florence mitteilte, dass es aus ist

zwischen uns, wollte sie sich gleich umbringen, aber du weißt, wie ungeschickt sie war. Dann wollte sie *mich* umbringen. Heute lebt sie mit diesem abtrünnigen katholischen Priester in den Freiburger Alpen und betreibt einen Skilift. Nein, Marcel, Clairette bringt dich nicht um, wozu auch? Gehört doch alles ihr. Vielleicht ist sie ganz schön froh, wenn sie dich los wird. Was meinst du, wär doch eine Möglichkeit?«

Sie verbrachten den ganzen Abend bis spät in die Nacht in der Rio-Bar. Sie sprachen über Frauen, so unsensibel und falsch, wie es nur Männer tun können. Und Kop erzählte von einer Yacht, die er kaufen wolle, von der Welt, die er damit umsegeln wollte, und von den Frauen, die ihn dabei begleiten würden. Und natürlich von seinem Freund Jakobi, der dabei sein würde.

Kop ahnte, dass seine Tage bei der Leutwyler Treuhand gezählt waren, falls Clairette zurückkam. Er plante insgeheim bereits die Zukunft mit Hilfe der Kundenkartei, die er mitlaufen lassen wollte. Marcel hatte sich in seiner Fantasie bereits von Clairette geschieden. Zwei Männer auf hoher See, ein bisschen Wind aus Ost...

Kurz nach Mitternacht setzte Kop Jakobi vor seinem Haus ab. In den Zimmern brannte kein Licht mehr. Die Eingangstür war nicht verschlossen, wie es Clairette angedroht hatte. Ihr Schlafzimmer leer, der Kühlschrank auch. Das frische Hemd für den nächsten Tag lag noch auf dem Wäscheberg vor dem Weinkeller.

Jakobi war erleichtert. Möglich, dass sich Clairette unter den Zug geworfen hatte. Er würde ihr nicht folgen. Aber wenn sie jemals zurückkam, würde es noch schlechter für ihn, denn Clairette ahnte alle Gedanken, die Jakobi jemals zu Ende gedacht hatte.

Clairette lag auf keiner Eisenbahnschiene. Sie saß hinter Vaters großem Mahagonipult und überflog die Korrespondenz der letzten fünf Jahre. Sie verfolgte alles zurück bis zum Fall Grauwiler. Während der ganzen Arbeit blieb sie sitzen. Manchmal schaute sie zum Ölporträt ihres Vaters hinauf. Sie hatte stets so werden wollen wie er. Er fehlte ihr.

Sie liebte Jakobi immer noch, über alles, aber sie wünschte sich zugleich, sie hätte ihn nie getroffen, denn sie wusste nicht, ob er jemals das Wort finden würde, um sie aus ihrem Gefängnis zu befreien.

Clairette blieb die ganze Nacht im Büro. Gegen Morgen schob sie die Ordner wieder ins Regal zurück. Sie warf einen kurzen Blick auf Ginas Arbeitsplatz. Das Zimmer von Dr. Schultheiß hätte sie nie zu betreten gewagt. Kops Büro interessierte sie nicht. Sie löschte das Licht, schloss die Tür, drehte den Schlüssel zweimal im Schloss und fuhr mit dem Aufzug ins Parterre hinunter.

Die ersten Straßenbahnen entleerten sich an den Haltestellen. Wie ein Heer von Ameisen krochen die Menschen heraus, krabbelten eilig über die Straße und verkrochen sich in den umliegenden Bürohäusern und Geschäften.

Clairette setzte sich in ein Café und bestellte ein Frühstück. Von ihrem Fensterplatz aus konnte sie die ganze Straße überblicken. Sie würde auch sehen, wann Jakobi die Firma betrat. Er kam gegen halb neun. Clairette bezahlte, fuhr nach Hause, schluckte ein Schlafmittel und legte sich schlafen.

7

Gina und Jakobi lagen nackt auf dem zerwühlten Bett in Zimmer 407. Der Schweiss klebte an ihren Körpern. Sie starrten an die Decke und atmeten durch den offenen Mund. Sie warfen sich einen kurzen Blick zu und lachten leise.

Erst als sie später ihre Unterwäsche im Hotelzimmer zusammensuchten, wechselten sie ein paar Worte miteinander, flüchtig und hastig, als hätten sie noch einen geschäftlichen Termin zu fixieren.

»Wir müssen in der Firma vorsichtiger sein, ich glaube, Kop ahnt etwas«, sagte Jakobi.

»Kop?« entgegnete Gina erstaunt und lachte leise auf, als sie Jakobis Gesicht sah.

»Das glaub ich nicht, der will dich auf den Arm nehmen.«

Jakobi knöpfte ihr den schwarzen Balconet-BH zu und drückte sie fester an sich, bis sie sein erregtes Glied an ihrem Po spürte. Sie warf den Kopf nach hinten.

»Kop hat mir heute gesagt, du lässt dich scheiden?«

»Er soll sich um seinen eigenen Kram kümmern«, flüsterte ihr Jakobi ins Ohr und liebkoste ihren Hals, »seit

er geschieden ist, will er aus mir unbedingt einen Jungge-
sellen machen.«

Gina schloss die Augen.

»Du wirst Clairette nie verlassen, nicht wahr?«

Jakobi streifte ihr den hochgeschnittenen schwarzen
Mini-Slip über die Hüften und ließ seine Hand langsam
zwischen ihre Beine gleiten. Ihre Scheide war noch
feucht von der Liebe.

Gina sank langsam auf die Knie und stützte sich mit
den Händen auf dem Teppich ab. Jakobi führte sein Glied
sanft in ihre warme Scheide, während Gina ihr Gesäß immer heftiger zurückstieß. Er beugte sich weiter nach
vorn, suchte ihre Brüste, ließ sie weich in seine Hände
gleiten, hob sie hoch und presste ihren Körper näher zu
sich.

Sie liebten sich bis zum frühen Nachmittag, bis sie erschöpft unter dem Hotelfenster lagen und röchelnd nach
Luft schnappten. Im Grunde genommen verstanden sie
sich prächtig. Sie hatten nie versucht, irgendwelche Gemeinsamkeiten außerhalb des Hotels Euler zu finden.
Kein Nachtessen, kein gemeinsamer Kinobesuch. Es hatte sich einfach so eingependelt, das kleine Zimmer 407
im Hotel Euler, der Gedanke daran, der Griff zum Telefon, die Reservation für Mr. Bryan.

Bevor sie das Zimmer verließen, tranken sie zusammen den obligaten Champagner. Sie fühlten sich satt vor
Liebe, befriedigt. Zum ersten Mal hatte Jakobi das Gefühl, dass Gina mehr wollte von ihm als nur die paar
Stunden im Hotelzimmer. War es verwunderlich, dass sie
sich ein Leben mit ihm vorzustellen versuchte, da sie sich
in der Liebe so gut verstanden?

Gina wollte mehr über Clairette wissen. Ob es ähnlich

begonnen habe wie mit ihr. Und vielleicht, ob es ähnlich zerbrechen könnte wie mit Clairette.

Jakobi mochte ihr nicht die Wahrheit sagen. Mag sein, dass die körperliche Leidenschaft ähnlich gewesen war, nur, es war Liebe, aufrichtige Liebe gewesen, grenzenlos bis in alle Ewigkeit. Aber darüber mochte Jakobi nicht sprechen.

»Lass mir ein bisschen Zeit, Gina«, sagte Jakobi, während er seine Socken anzog.

»Ich hab nicht mehr viel Zeit, Marcel, ich bin achtunddreißig.«

Sie schaute Jakobi an, wie sie es zuvor noch nie getan hatte. Sie liebte Jakobi, und wenn er ehrlich war, musste er zugeben, dass auch er sie liebte. In ihren Armen fühlte er sich wohl. Aber er wollte nicht ewig in ihren Armen liegen. Nur ab und zu. Jakobi knöpfte seine weiße Hose zu. Seit ein paar Wochen brauchte er einen Gurt. Er hatte an Gewicht verloren. Jakobi schaute zu Gina hoch. Er wollte es ihr erklären, er wollte es versuchen. Gina streifte ihren engen bordeauxroten Pullover über den Kopf und verwandelte sich nach und nach wieder in die Sekretärin der Leutwyler Treuhand AG.

»Das Leben mit Clairette ist die Hölle. Aber es war nicht immer so. Als das Kind kam, haben wir beide unsere Bedürfnisse zurückgestellt. Wir wussten, dass Lucien nur wenige Jahre leben würde. Er war von Geburt an unheilbar krank. Wir wollten Lucien für diese kurze Zeit ein Leben schenken und haben dabei das unsrige verloren. Clairette und ich brauchen eine Chance. Ohne Lucien wäre es niemals so weit gekommen. Jetzt, wo er tot ist, braucht sie meine Hilfe. Ich kann sie nicht einfach verlassen. Sie wird um mich kämpfen. Ich werde warten, bis sie ohne mich leben kann. Aber ich werde sie nicht für eine andere Frau verlassen. Ich werde sie verlassen, um endlich wieder frei zu sein.«

Gina lächelte verständnisvoll. Tränen kollerten über ihre Wangen. Sie hatte längst begriffen, dass sie Jakobi nie das geben konnte, was er einst erlebt hatte. Sie wusste, dass Jakobi sich keine *amour fou* mehr wünschte. Er wollte nur noch seine Ruhe haben, Frieden, und ab und zu Mr. Bryan spielen. Jakobi nahm sie in die Arme und drückte sie fest an sich. Gina sagte ihm nicht, dass sie vielleicht gerne Kinder gehabt hätte, von ihm. Sie sagte nichts. Vielleicht hätte sie lieber früher geschwiegen. Vielleicht wäre es noch jahrelang gutgegangen. Aber sie hatte das Letzte von Jakobi gewollt. Sein ganzes Herz, für sich allein.

Als Jakobi die Treppen im Hotel Euler hinunterstieg, winkte ihm der Portier zu.

»Eine Nachricht für Sie, Mr. Bryan.«

Der Portier streckte ihm eine Karte hin. Jakobi winkte ab.

»Das muss ein Missverständnis sein.«

»Aber Sie sind doch Mr. Bryan?« Natürlich war er Mr. Bryan, wenn er sich über Mittag im Hotel einmietete. Aber niemand konnte das wissen. Deshalb musste es ein Missverständnis sein.

Der Portier streckte ihm die Karte nochmals entgegen und sagte mit entschlossener Miene:

»Sie sind zurzeit der einzige Mr. Bryan in unserem Hotel.«

Jakobi nahm die Karte entgegen. Er wollte bei den umstehenden Gästen keine Aufmerksamkeit erregen.

Womöglich kannte ihn gar einer als Marcel Jakobi. Er stieg die Steintreppe zur Straße hinunter. Gina hatte das Hotel ein paar Minuten früher verlassen. Sie stieg gerade die Treppe zur Bahnhofspassage hinunter. Jakobi schaute sich die Karte an, sie zeigte ein altes Basler Denkmal, den heiligen Sankt Georg hoch zu Ross, wie er gerade mit seinem Speer das aufgerissene Maul eines Drachen durchbohrt. Jakobi las die Rückseite. Er wusste gleich, dass die Karte für ihn allein bestimmt war. Der Text war unmissverständlich:

»Ich bin da. Ich werde dich töten. LUCAS.«

Den Nachmittag verbrachte Jakobi hinter seinem Mahagonipult in der Leutwyler AG. Er schaute zum Fenster hinaus, auf die stark befahrene Kreuzung hinunter. Das 16er-Tram fuhr die steile Innere Margarethenstraße hinauf. Diesen Weg würde Lucas vielleicht wählen, wenn er vom Bahnhof her kam. An der Ecke Margarethenstraße/Steinentorberg klaffte eine riesige Wunde in der Häuserfront. Das Café Opera war abgerissen worden, und die angrenzenden Wohnhäuser gleich dazu. In einem davon hatte Jakobi früher gelebt, damals, als er noch auf dem Bahnhof gearbeitet hatte. Er erinnerte sich an die kleine Mansarde, deren Dachfenster permanent von den zahlreichen Tauben verschissen wurden. Im Parterre war eine Art Teppichlager gewesen. In den oberen Stockwerken hatte man aus den diversen Wohnungen billige Einzelzimmer gemacht. Es stank in allen Fluren nach schmuddeliger Bettwäsche, ungelüfteten Klos, Kaffee und Schnaps. Gegen zehn Uhr schlurften jeweils vereinzelte Gestalten in durchlöcherten langen Unterhosen zum einzigen Waschtrog im Flur und wuschen sich das unrasierte Gesicht. Sie streiften einen Pullover nach dem andern über, packten ihr gesamtes Hab und Gut in eine Tasche und zogen davon. Jakobi hatte immer das Gefühl gehabt, sie würden aufbrechen, um die Welt zu erforschen. Aber gegen Abend waren sie alle wieder da, diese schweigsamen Gestalten, die einem auswichen wie scheues Wild. Und Jakobi war einer von ihnen gewesen. Damals.

Jakobi fuhr mit der Hand über die Mahagoniplatte. Nachdenklich wischte er den Staub weg. Er fühlte sich wesentlich schlechter als damals in jenem Dachzimmer, das nicht mehr existierte. Er schaute dem Kran nach, der auf der Baustelle stand und den verlängerten Eisenarm hin und her schaukeln ließ, bis die Abrissbirne, die daran hing, genug Schwung hatte, um die nächste Wand zum Einsturz zu bringen. Er fragte sich, wo all die Menschen waren, die mal dort gewohnt hatten, wo einem die Tauben ins offene Zimmer schissen.

Als Jakobi gegen Abend nach Hause fuhr, stand ein Mann neben der Toreinfahrt. Er hatte den Kragen seines langen Mantels hochgezogen. Jakobi ließ den Wagen vor dem Haus stehen und stieg aus. Misstrauisch musterte er den Fremden. Als Jakobi auf das Gartentor zuging, das zum Hauseingang führte, versperrte ihm der Unbekannte den Weg.

»Sind Sie Herr Jakobi?«

Jakobi wich ängstlich zurück. Fieberhaft starrte er auf die Hände des Fremden. Sie bewegten sich in den Manteltaschen. Jakobi hatte in Filmen gesehen, wie niederträchtige Typen völlig unerwartet und heimtückisch aus der Tasche schossen. Und Lucas gehörte bestimmt zu dieser Kategorie Mensch. Die niederträchtige Kranzniederlegung hatte es bewiesen.

»Lucas?« fragte Jakobi leise, ohne die Hände des Fremden aus den Augen zu lassen.

»Max.«

Blitzschnell fuhr seine rechte Hand aus der Tasche. Er reichte sie Jakobi. Verdutzt ergriff er sie.

»Ich bin wegen der Kindermöbel hier. Herr Kop, unser Nachbar, hat mir gesagt, ich solle mal reinschauen ...«

Max lächelte breit. Er hatte einen buschigen hellbraunen Schnauz und machte jetzt einen recht gemütlichen Eindruck, etwas untersetzt, mit einem Bierbauch, den er wie ein Gütezeichen vor sich her schob.

Erleichtert sah Jakobi wieder auf. Hinter den Gardinen glaubte er für den Bruchteil einer Sekunde, Clairettes Kopf gesehen zu haben.

»Kommen Sie doch rein.«

Die beiden Männer betraten das Haus.

»Die Kinder wachsen ja so schnell. Wozu soll man fabrikneue Sachen kaufen? Gebrauchte Spielwaren sind ohnehin gesünder. Wegen der giftigen Farben. Haben Sie bestimmt gelesen. Gelb soll besonders giftig sein. Plastik sowieso. Wenn sie Lego haben, nehm ich alles, außer den gelben Bausteinen. Playmobil liegt auch drin. Ich hab hier gleich den Katalog mitgenommen und angekreuzt, was die Kinder schon haben ... Der Safari-Jeep würde mir ganz gut gefallen. Dass sie den Packträger schwarz angemalt haben, find ich daneben, kann man doch nicht machen heutzutage. Wir, die Weißen, sind doch die Packträger von morgen ...«

Jakobi versuchte die Tür des Kinderzimmers zu öffnen. Sie war mit dem Schlüssel verschlossen oder von innen verriegelt.

»Tut mir leid, ist alles schon verkauft.«

»Wirklich? Das ist aber peinlich, Herr Kop hat mir von diesem hölzernen Bauernhof erzählt. Ich hab's den Kindern versprochen. Für eine Plastikkuh zahlen sie im Laden zwei fünfzig das Stück, nicht? Sie hätten mir das Vieh bestimmt geschenkt, wenn ich den Bauernhof gekauft hätte. Was soll ich da machen? Darf ich meinen Mantel ausziehen?«

»Behalten Sie ihn an und scheren Sie sich zum Teufel.«

»Ja, hören Sie mal ...«

Jakobi schob ihn durch den Flur und riss die Haustür auf.

»Vorsicht, Stufe.«

Max wollte noch etwas sagen, aber er stand schon draußen auf dem braunen Teppich. Krachend fiel die Tür ins Schloss. Jakobi zog seinen Mantel aus und warf ihn über den Handlauf der Treppe. Er wusste, dass er dem Mann unrecht getan hatte, aber irgendwie hatte die Ungewissheit, ob es Lucas war oder nicht, in ihm eine unerträgliche Spannung erzeugt.

Da hörte er das Geräusch eines Schlüssels, der im Schloss gedreht wurde. Jakobi ging nochmals zum Kinderzimmer hinüber. Abermals versuchte er, die Tür zu öffnen. Sie war unverschlossen. Durch einen Spalt schaute er hinein. Irgendwo saß Clairette. Er spürte es. Aus dem Kassettenrecorder hörte man ein indianisches Klagelied, HOME INTO THE RIVER. Jakobi sprach ins Dunkle hinein:

»Es war nicht meine Idee, glaub mir, Kop hat mir diesen Idioten ins Haus geschickt.«

Jakobi hörte, wie die zweite Tür des Kinderzimmers

geöffnet wurde. Offenbar hörte ihm Clairette gar nicht zu. Durch das Nebenzimmer gelangte Clairette in den Flur hinaus. Jakobi folgte ihr in die Küche. Sie hielt ein Glas in der Hand. Clairette nahm eine angefangene Flasche weißen Dézaley aus dem Kühlschrank und schenkte sich nach. Sie ließ die Flasche stehen. Jakobi nahm ein Glas aus dem offenen Regal und schenkte sich ein.

»Die Besprechung hat ein bisschen länger gedauert, ich konnte nicht anrufen. Bist du mir böse?«

»Du wirst immer noch rot, wenn du lügst.«

Clairette ging ins Kinderzimmer zurück. Sie schloss die Tür hinter sich und verriegelte sie. Jakobi wollte die andere Tür benützen, die vom Flur ins Zimmer führte. Doch Clairette war schneller. Auch die zweite Tür wurde von innen verriegelt. Jakobi stand da mit seinem Weinglas in der Hand. Er leerte es in einem Zug und wartete. Sanft klopfte er an die Tür.

»Clairette?«

»Ein Herr Lucas hat angerufen.«

»Lucas?« schrie Jakobi und hämmerte gegen die Tür. »Was wollte er?«

»Dich.«

»Wieso? Was will er von mir?«

»Er sagte, du wüsstest Bescheid. Er ist jetzt in Basel. In den nächsten Tagen wird er dich besuchen.«

Die letzten Worte hatte Jakobi nicht mehr verstanden. Clairette hatte den Sound aufgedreht. Die Sängerin beschwor einen Fluss, sie aufzunehmen im Reich der Toten und nicht wieder an Land zu spülen. Jakobi brüllte Clairettes Namen, aber je mehr er schrie, desto mehr drehte sie die Musik auf.

Den Abend verbrachte Jakobi in seinem Büro zu Hause. Er starrte auf das Telefondisplay. Er wollte Lucas sprechen. Er überlegte auch, nach Genf zu fahren, um Grauwiler aufzuspüren. Aber wenn der mysteriöse Lucas ein Anderer war, hätte Jakobi mit seinem Besuch in Genf Grauwiler erst richtig auf die Sprünge geholfen.

Schließlich hielt er es nicht mehr aus, einfach dazusitzen neben dem Telefon und zu warten. Er schaltete das Telefon aus und legte sich schlafen. Er konnte nicht, fand keine Ruhe. Lucas hatte alle seine Gedanken erobert. Gegen zwei Uhr morgens nahm er eine Schlaftablette und schlief endlich ein. Er träumte von Lucien. Lucien war glücklich. Er rannte die Friedhofsallee entlang. Im kleinen Grab lag jemand anders. Als Jakobi wieder aufwachte, wollte er gleich ins Kinderzimmer hinübergehen und Lucien in die Arme schließen. Da traf ihn die Erinnerung wie die Abrissbirne, die er gestern Nachmittag auf der Baustelle des Café Opera beobachtet hatte. Lucien war tot. Lucien existierte nicht mehr.

8

Kop saß auf der Kante der Mahagoniplatte und wippte mit den Akten, die er sich bei Jakobi geholt hatte.

»Glaub mir, Marcel, ich hab eine Nase dafür. In ein paar Monaten seid ihr geschieden. Lieber ein Ende mit Schrecken als ein Schrecken ohne Ende.«

»Du kannst es wohl kaum erwarten.«

»Es ist dein Leben, das verstreicht. Du kommst mir vor wie einer, der am Bahnhof steht und genau weiß, wo er hin will. Nur lässt er einen Zug nach dem andern abfahren.«

»Brauchst du sonst noch was?«

Kop setzte sich von der Tischplatte ab. Er wollte nicht insistieren.

»Hat sich eigentlich Max bei dir gemeldet?« Jakobi brauste auf. Er hatte den geschwätzigen Fremden bereits wieder vergessen.

»Bist du eigentlich bescheuert, uns einfach einen wildfremden Mann ins Haus zu schicken. Misch dich nicht in meine Angelegenheiten ...«

Kop nahm ihm den Ausbruch nicht übel. Er sah Jakobi prüfend an, ohne Groll.

»Ich bin dein Freund, Marcel. Dein Sohn ist seit drei Monaten tot.«

»Seit drei Monaten schon?«

Jakobi schien beunruhigt, die Zeit war nicht stehengeblieben.

»Ja, Marcel. Er ist tot. Seit drei Monaten. Versuch zu vergessen, schau nach vorn. Du musst irgendetwas Neues anpacken, alles anders machen. Verlass dieses Haus, such dir eine neue Umgebung, akzeptiere, was geschehen ist, schau nach vorne. Clairette versucht das zu verhindern. Wenn du über Luciens Tod hinwegkommst, gibt es nichts mehr, was euch verbindet. Sie weiß das.«

Jakobi wusste, dass Kop Recht hatte. Er spürte auch, dass Kop aufrichtig bemüht war, ihm zu helfen. Natürlich wollte er alles aufgeben, was ihn an Lucien erinnerte. Anderseits suchte er die Erinnerung, die Nähe zu Lucien. Er wollte die Erinnerung nicht verlieren. Auch wenn er dafür erneut leiden musste.

»Ich habe ein günstiges Angebot für eine tolle Yacht. Wenn ich das Geld zusammenkriege, werde ich sie kaufen. Wir segeln zusammen nach Griechenland und machen uns ein paar schöne Wochen.«

Kop klopfte sich amüsiert auf die Schenkel.

»Und wenn wir zurückkommen, bauen wir unsere eigene Firma auf. Clairette wird uns beide rauswerfen, glaub mir. Sie wird nicht mehr lange untätig herumsitzen. Gestern hat Schultheiß lange mit ihr telefoniert. Ich glaube, er will sie zurückhaben. Natürlich ist es das Beste für sie. Zurück in die Firma, rein in die Arbeit. Aber für uns wird es aus sein.«

Jakobi glaubte nicht daran, dass Clairette ihn jemals aus der Firma werfen würde. Dazu saßen die guten Manieren, die ihr Vater ihr vorgelebt hatte, viel zu tief.

Jemand klopfte an die Tür. Gina trat ein. Sie legte Jakobi die Post auf den Tisch. Kop schaute ihr nach. Er begehrte sie nicht. Er wünschte sie zum Teufel. Gina störte ihn. Er wollte alleine sein mit Jakobi, er wollte seinem Freund helfen.

»Soll ich für Mister Bryan ein Zimmer reservieren?« Es klang wie eine Bitte.

»Mr. Bryan hat abgesagt, Gina. Er kann nicht mehr.«

»Schade, ich mochte ihn.«

Gina verließ das Zimmer. Sie tat Jakobi leid. Er mochte sie, aber er war sich nicht mehr im Klaren über all die Gefühle, die sich in seinem Innern zu einem dumpfen Gebräu vermischt hatten. Zum ersten Mal erregte ihn die Vorstellung von Zimmer 307 nicht mehr. Er brauchte einen Menschen, der ihm beistand.

»Wer zum Teufel ist dieser Mr. Bryan?« fragte Kop. Jakobi antwortete nicht. Schweigend sortierte er die Post.

Und plötzlich hielt er sie in den Händen, diese Basler Postkarte mit dem heiligen Sankt Georg hoch zu Ross. Blitzschnell drehte er sie um. Der Text auf der Rückseite war von Lucas.

»Ich steh unten auf der Straße. LUCAS.«

Jakobi ließ die Karte wie elektrisiert aus den Händen fallen. Er eilte zum Fenster hinüber und starrte auf die Straße hinunter. Dutzende von Menschen standen herum. Jeder von ihnen konnte Lucas sein. Jeder.

»Wer ist Lucas?« fragte Kop.

Jakobi drehte sich um. Kop warf die Postkarte auf den Tisch. Er hatte den Text gelesen. Jakobi musterte ihn misstrauisch.

»Weißt du es wirklich nicht?« fragte Jakobi.

Kop schüttelte den Kopf.

Jakobi riss die Tür auf und trat in den Empfangsraum hinaus. Gina und Dr. Schultheiß standen eng beisammen neben dem Aktenregal. Schultheiß hielt ein paar Blätter in den Händen. Gina spielte mit ihrer Halskette. Sie blickten beide hoch. Es schien so, als hätten sie soeben etwas Vertrauliches besprochen.

»Wenn ein Herr Lucas anruft, sagen Sie ihm ...« Jakobi verstummte. Dr. Schultheiß sah ihn verwundert an. Sein Gesicht war ohne Ausdruck. Es schien so, als habe er sich zu etwas Schrecklichem durchgerungen.

»Ein Kunde von uns?« fragte er teilnahmslos.

Gina wartete auf den Schluss des Satzes. Sie zeigte unverhohlen ihre Enttäuschung über Mr. Bryans Absage.

»Was soll ich Herrn Lucas ausrichten?«

Hinter Jakobi erschien Kop im Türrahmen. Er stopfte nachdenklich seine Pfeife. Er schien irgendwelche Pläne zu schmieden.

Am nächsten Morgen besprachen Schultheiß, Kop und Jakobi die Strategie für einen neuen Kunden. Sie saßen alle drei in Schultheiß' Büro. Ordnung beherrschte den Raum. Einmal mehr fielen Jakobi die Rücken der zahlreichen schwarzen Ordner auf. Sie waren kaum lesbar. Schultheiß beschriftete alle sorgfältig von Hand und gab Acht darauf, dass er der einzige war, der daraus schlau wurde. Dr. Schultheiß wollte unersetzlich bleiben.

»Wollen Sie sich nicht dazu äußern?«

Dr. Schultheiß und Kop warteten auf Jakobis Antwort. Jakobi schwieg, er hatte den Gesprächsfaden verloren. Kop sprang ein.

»Nach Auskunft von Brodmer vom Konkursamt

kriegt unser Kunde das Firmengebäude inklusive Inventar im Freihandel für 5,4 Millionen.«

Jakobi nickte, als stimme er Kops Überlegung zu. Aber in Wirklichkeit war er bloß dankbar, dass Kop das Ruder übernommen hatte, dass er ungestört nachdenken konnte, über Lucas und Clairette und all die Dinge im Leben, die ihm derart zusetzten, weil er für sie keine Lösung fand. Kop sprach weiter, mit schnell wechselnder Mimik und großen Gesten, mal ernst und unnachgiebig mit unheilvollen Augen, mal kokett schmunzelnd und mit seiner blau-weiß gestreiften Krawatte spielend, die überhaupt nicht zum gelben Hemd passte. Er hatte überhaupt keinen Geschmack. Das lag wohl daran, dass er sich über ein billig eingekauftes Hemd, auch wenn es noch so scheußlich war, mehr freuen konnte als über einen schönen Stoff mit elegantem Schnitt, der viermal soviel kostete. Dafür war er ein Meister der Rhetorik. In diesem Augenblick beschloss er, Kop zu seinem Partner zu machen. Er wollte ihm nach Schultheiß' Ausscheiden die Möglichkeit geben, sich in die Firma einzukaufen. Kop lächelte, als habe er soeben Jakobis Gedanken erraten.

Schultheiß schien Kops Argumentation zu folgen. Er nickte freudlos. Schließlich fiel ihm doch noch ein Argument ein, das Kops Strategie zu Fall bringen konnte.

Er lächelte süffisant: »Das klingt ja schön und gut, Herr Kop. Was ist mit den Gläubigerbanken? Wenn die nicht einverstanden sind ...«

Schultheiß warf Jakobi einen kurzen Blick zu. Doch Jakobi schien immer noch abwesend. Kop genoss das Schauspiel und nahm den Faden gleich wieder auf:

»Ich arrangiere das. Die Gläubiger haben gar keine Wahl. Wenn sie dem Deal nicht zustimmen, kommt die

Firma in vier Wochen unter den Hammer. Dann verkaufen sie höchstens die Stiche im Direktionszimmer.«

Kop war seiner Sache sicher, das war er eigentlich immer. Einmal mehr hatte er Schultheiß überrundet. Das Telefon klingelte, Schultheiß nahm den Hörer ab. Er lauschte aufmerksam und fixierte dabei Jakobi. Dann zog er überrascht die Augenbrauen hoch und begann zu lächeln.

»Herr Jakobi, Gina bittet sie hinauszugehen, da war so ein Anruf, etwas Vertrauliches ...«

Jakobi sprang auf, der Stuhl kippte zu Boden. Kop hob ihn wieder auf. Jakobi lockerte mit einem kräftigen Ruck seinen Krawattenknopf und verließ das Zimmer.

Gina wartete bereits. Kaum hatte er die Tür hinter sich geschlossen, flüsterte sie: »Herr Lucas hat angerufen.«

»Was hat er ausrichten lassen?«

Gina nahm einen kleinen Notizzettel hervor. Etwas verlegen las sie den Text: »Lucas trägt die Nummer 453.797.436. Lucas wurde um hundertfünfzigtausend Würstchen betrogen. Lucas ist hungrig.«

Jakobi fasste sich an die Brust und suchte fieberhaft nach einem Ausweg.

»Was ist los mit dir?«

Gina stand auf und wollte ihn berühren. Jakobi wich zurück, er hatte Angst.

»Ruft er wieder an?«

»Ja, ich glaub schon.«

»Ja oder nein?« schrie Jakobi, so laut er konnte. Gina trat erschreckt zurück:

»Er hat nichts weiter gesagt, aber ich hatte den Eindruck, dass er ...«

»Verbinde mich das nächste Mal sofort. Wenn ich nicht da bin, machst du einen Termin ab. Egal, wann und wo.«

Jakobi riss die Schublade von Ginas Schreibtisch auf. Er nahm einen Schlüsselbund heraus und verließ den Empfangsraum.

Im Kellergeschoss hatte die Leutwyler Treuhand AG diverse Räume gemietet. Einer davon diente als Archiv für Akten von Kunden, die entweder verstorben oder von der Firma, aus welchen Gründen auch immer, nicht mehr betreut wurden.

Jakobi fuhr mit dem Fahrstuhl in den Keller runter. Man roch die pharmazeutischen Produkte, die die Apotheke im Parterre im Keller gelagert hatte. Der Geruch rief in Jakobi Erinnerungen an Lucien wach. Die graue Metalltür verscheuchte sie wieder, sie war verschlossen. Jakobi probierte ein paar Schlüssel aus, bis er den passenden gefunden hatte. Er stieß die Tür auf. Mit der Hand tastete er nach dem Lichtschalter. Plötzlich zuckte er zusammen und riss den Arm zurück. Krachend schlug das Nasenbein gegen die halboffene Metalltür. Ein elektrischer Schlag hatte ihn getroffen. Das Licht war an. Der Schalter hing aus der Dose und baumelte aus der Wand. Misstrauisch blickte Jakobi um sich, als gelte es, geheimnisvollen Mächten auf die Schliche zu kommen. Schließlich überwand er sich, das Archiv zu betreten. Er prüfte mit einem Blick, ob sich die Metalltür von selber wieder schließen könnte.

Dann ging er von Regal zu Regal, er suchte den Buchstaben G. Er summte das Alphabet vor sich hin, vor lauter Aufregung wusste er nicht mehr so genau, ob das

G vor dem D kam. Grauwiler. Jakobi zog den Ordner aus dem Regal, klappte den Deckel auf. Der Ordner war leer. Irgendjemand musste den Inhalt vor kurzem entwendet haben. Die frischen Schleifspuren auf dem staubigen Regal belegten es. Aber wer? Schultheiß, Kop oder Gina, schoss es Jakobi durch den Kopf. Oder Clairette. Oder alle vier zusammen unter einer Decke? Er war sicher, dass Grauwiler nichts mit der Sache zu tun hatte. Schließlich hatte der keinen Zugang zum Archiv. Dr. Schultheiß wollte ihn aus der Firma raus haben, wollte ihn zu Fall bringen, weil er genau wusste, dass Clairette wieder einspringen würde. Sicher, Schultheiß würde ihn nie der Polizei ausliefern. Er wollte ihn einfach loswerden. Aber wenn es Schultheiß war, wer hatte dann vorhin angerufen? War alles getürkt? War Gina mit von der Partie? Sie war enttäuscht, wegen Mr. Bryans Absage. Möglicherweise hatte alles mit einem Spiel angefangen, an jenem Tag, als Schultheiß sagte: »Ersparen Sie uns einen zweiten Fall Grauwiler.« Vielleicht war es bloß Jakobis Reaktion gewesen, die Schultheiß' Phantasie angeregt hatte. Er war Jakobi gefolgt, bis zum Hotel Euler. Später hatte er Gina zur Rede gestellt. Natürlich, der Anruf vorhin, der war fingiert, von Schultheiß und Gina ausgeheckt. Sie hatte beim letzten Treffen in Zimmer 307 das Hotel vor ihm verlassen und die Lucas-Karte bei der Rezeption hinterlassen.

Als Jakobi kurz darauf das Büro im vierten Stock wieder betrat, glaubte er Bescheid zu wissen. Gina saß an ihrem Tisch. Neben ihr, leicht nach vorn gebeugt, Dr. Schultheiß. Sie tuschelten irgendetwas miteinander. Als Jakobi eintrat, erhob sich Dr. Schultheiß und zupfte seine Fliege zurecht.

Jakobi legte die Schlüssel in Ginas Schublade zurück und warf einen Blick in Kops Büro. Dieser schaute nur kurz auf und vertiefte sich wieder in seine Akten, die lose gebündelt vor ihm lagen.

»Gina, ich bin in dringenden Fällen privat erreichbar.«

»In Ordnung, Herr Jakobi.«

»Sind Sie morgen früh wieder da?«

Schultheiß hatte die Frage gestellt. Wer war denn hier eigentlich der Chef, entfuhr es Jakobi in Gedanken. Er warf Dr. Schultheiß einen unwirschen Blick zu.

»Pünktlich um sieben, Herr Dr. Schultheiß.« Jakobi verließ die Firma.

Gegenüber dem Hochhaus war das Blumengeschäft. Jakobi wusste, dass die Blumenfrau vom Friedhof an den Wochentagen dort arbeitete. Er wollte hineingehen und ein wenig Ruhe finden. Er sah sie ganz hinten bei den Rosen stehen. Sie schnitt welche zurecht. Sie war so schön und sanft. Etwas zerbrechlich vielleicht, die weichen Lippen leicht nach außen gewölbt. Jakobi tat so, als wolle er Gartenscheren anschauen. Er postierte sich hinter dem Regal und versuchte sich an ihr sattzusehen. Sie hatte es längst bemerkt. Sie lächelte breit und sah ihm offen in die Augen. Sie mochten sich einfach. Wenn sie lachte, sah man ihre makellosen Zähne. Obwohl sie eine sehr erotische Ausstrahlung hatte, weckte es bei Jakobi nicht jene Gefühle, die Gina bei ihm immer erzeugt hatte. Wie dumm, entfuhr es Jakobi, dass ich sie nicht früher kennen gelernt habe. Wieso konnte sie damals nicht am Bahnhof stehen und Blumen verkaufen. Er hätte noch so gerne sein ganzes Leben hinter Gartenscheren und Blumentöpfen verbracht. So viel, wie Clairette ihm vor Luciens Geburt gegeben hatte, würde er sich heute nie mehr wünschen. Sie hatte ihn durch Himmel und Hölle geführt, aber ein Platz neben der Blumenfrau würde ihm heute genügen.

»Darf ich die Rosen kaufen, die Sie soeben geschnitten haben?«

Sie lächelte amüsiert. Natürlich war es eine blöde Frage. Wozu schnitt sie Rosen, wenn nicht zum Verkauf?

»Wie viele?«

Jakobi zuckte mit den Schultern. Es war ihm einerlei. Von ihm aus hätte sie ihm noch einen Rasenmäher und einen Kaktus verkaufen können. Er hätte zu allem ja gesagt. Und so nickte er einfach, als sie fragend eine zweite und später noch eine dritte und vierte Rose auf das Packpapier legte.

Sie begann zu lachen. Ihr Lachen war so schön, dass Jakobi immerzu nickte. Nach der elften Rose ahnte sie, dass es Jakobi gleichgültig war. Kop hätte das ausgenutzt, aber sie hörte einfach auf und wickelte die elf Rosen ein.

Jakobi bezahlte. Sie wünschte ihm einen besonders hübschen Abend. Jakobi hätte sie gerne aufgeklärt, hätte ihr gesagt, dass der heutige Abend genauso trostlos sein würde wie der gestrige und dass es jammerschade war, dass er ihr damals in der Bahnhofsunterführung nie begegnet war. Und dass er *ihr* die Blumen schenken wollte.

Jakobi verließ den Laden, er schaute nicht zurück. Er wusste, dass sie ihm nachschaute. Er bildete sich nicht ein, dass sie sich in ihn verliebt hatte, nein, sie schaute ihm einfach nach, weil man nicht jeden Tag einen derart sympathisch vertrottelten Menschen im Laden hatte, der nicht wusste, was er wollte.

Als Jakobi das Haus seines verstorbenen Schwiegervaters betrat, hatte er die feste Absicht, Clairette die Rosen zu schenken. Er wollte nett sein, einen Champagner aus dem Keller holen und mit ihr reden. Schließlich verdankte er ihr alles. Dass er mit seiner beruflichen Situation nicht zufrieden war, konnte nicht ihre Schuld sein. Was hätte sie schon aus ihm machen sollen? Ohne sie stünde er heute noch an der trostlosen Schnellimbissbar in der Bahnhofsunterführung. Im Blumenladen hatte er sich noch gewünscht, er stünde immer noch dort, er hatte sich eingeredet, dass er Clairette nie gekannt hatte und dass er der Blumenfrau heute zum ersten Mal begegnen würde. Die Vorstellung hatte ihn angenehm berührt. Aber jetzt, wo er wieder zu Hause in der Villa war, konnte sich Jakobi die Trennung von Clairette nicht mehr vorstellen. Und so wollte sich Jakobi darauf beschränken, die Blumenfrau in seinen Träumen aufzusuchen.

Der ganze Flur roch nach Dispersionsfarbe. Jakobi zog seinen Mantel aus und suchte mit den Rosen das Kinderzimmer auf. Die Tür stand weit offen. Die Spielsachen waren weg, der Teppich mit Plastik ausgelegt. In der Mitte stand ein Farbeimer. Ein Mann rollte die Decke weiß. Er summte ein Lied vor sich hin. *Take The Ribbon From Your Hair*. Er hatte gar nicht bemerkt, dass Jakobi eingetreten war.

»Wo sind die Spielsachen?«

Der Maler drehte sich um. Er grüßte mit einem bedächtigen Nicken, da er gerade gähnen musste.

»Spielsachen?«

»Ja. Und wo ist meine Frau?«

»Wenn Sie Herr Jakobi sind, sollten *Sie* eigentlich ... ich meine ... ich streich hier bloß das Zimmer.«

Das Telefon klingelte. Jakobi ging in Clairettes Schlafzimmer, das Festnetztelefon lag unter dem Bett. Er kniete nieder und nahm den Hörer ab.

Es war Gina, sie war aufgeregt: »Lucas hat angerufen.«

»Hast du einen Termin ...?«

»In einer halben Stunde im Hotel-Restaurant Euler.«

»Im Euler?« schrie Jakobi.

»Ja«, antwortete Gina etwas hilflos.

»Ist das alles?«

»Mister Bryan ...«

»Ist Schultheiß in seinem Büro?« brüllte Jakobi.

»Nein, er ist vor einer Viertelstunde weggegangen, Irgendetwas Berufliches.«

Jakobi knallte den Hörer auf die Gabel und rannte aus dem Haus. Die Rosen schmiss er kurzerhand in den Schirmständer unter dem Briefkasten.

9

Kurz vor Mittag parkte Jakobi seinen Wagen in der Küchengasse vor dem Hintereingang einer Bank. Jakobi warf einen Blick auf seine Uhr: Er war zehn Minuten zu früh. Er versuchte langsam zu gehen und die Schaufenster anzuschauen, die Auslagen in der Bijouterie vis-à-vis, die Auslage der Apotheke nebenan. Jetzt trennte ihn nur noch das Hotel Jura vom Grand Hotel Euler. Eher beiläufig streifte er die Fenster des Hotel-Restaurants Jura. Schultheiß! Er hatte hinter einem Fenster Schultheiß erkannt, da gab es gar keinen Zweifel. Ihm gegenüber saß Clairette. Er überlegte, ob er einfach reingehen und sie beide mit »Lucas« begrüßen sollte. Aber vielleicht war nur einer von beiden Lucas. Irgendwie fand er es beruhigend, zu wissen, dass die beiden dahinter steckten. Doch im gleichen Atemzug realisierte er, dass dies bloß eine Vermutung war. Wenn Clairette sich mit Dr. Schultheiß treffen wollte, dann ganz bestimmt nicht in der Firma. Und auch nicht bei Schultheiß oder bei ihr zu Hause. Er wusste, dass sie den Kaffee im Hotel Jura besonders mochte. An warmen Sommerabenden hatten sie oft auf der Terrasse des Hotels gesessen, den Kinderwagen neben dem Tisch. Sie hatten Eis gegessen und anschließend diesen berühmten Kaffee getrunken. Vielleicht war dies der einzige Grund für die Wahl des Hotels Jura. Die Bahnhofsuhr schlug Viertel vor. Jakobi starrte auf die beiden Turmuhren, die die neobarocke Fassade des grössten Grenzbahnhofs Europas zierten. Hier hielten Züge aus Frankreich, Deutschland und Italien. War Lucas mit dem Zug angereist? In fünf Minuten würde er Farbe bekennen müssen.

Das Hotel-Restaurant Euler war beinahe leer. Ein Mann, so um die Fünfzig, las im Nachrichtenmagazin »Der Spiegel« die Titelstory über einen Politiker, der seine Vergangenheit vergessen hatte und nicht mehr wusste. In der anderen Ecke des Speisesaals war ein leerer Tisch mit zwei Gedecken. Ein Kellner kam Jakobi entgegen.

»Möchten Sie etwas essen?«

»Nein, danke.«

»Der große Saal ist fürs Essen reserviert. Darf ich Sie bitten, an die Bar zu gehen.«

»Ich bin mit Herrn Lucas verabredet.«

Jakobi sprach den Namen absichtlich sehr laut aus, um die Reaktion des Mannes zu prüfen, der den »Spiegel« las. Er reagierte nicht.

»Herr Lucas hat bereits reserviert. Wenn Sie mir bitte folgen wollen.«

Der Kellner führte Jakobi zum kleinen Tisch, auf dem bereits die beiden Gedecke lagen. Der Kellner nahm die Weißweinflasche aus dem Kühler und schenkte beide Gläser voll.

»Herr Lucas kommt jeden Moment. Er hat mich beauftragt, das Essen zu servieren.«

Jakobi füllte sein Glas nach. Die verabredete Zeit hatte Lucas bereits um eine halbe Stunde überschritten. Der Kellner stieg mit einer zugedeckten Silberplatte die Treppen zum Esstrakt hinunter. Der Wein hatte Jakobi etwas beruhigt. Die Tatsache, dass Lucas mit ihm essen wollte, schien doch ein Anzeichen dafür zu sein, dass Lucas ein vernünftiger Mensch war, mit dem sich reden ließ. Auch wenn er sich bis anhin etwas seltsam benommen hatte. Erst als der Kellner mit dem Silbertablett vor ihm stand, kam ihm wieder in den Sinn, dass Lucas schriftliche Morddrohungen ausgesprochen hatte. Der Kellner hob den Deckel und legte fünf Paar Würste auf Jakobis Teller.

»Soll das ein Scherz sein?«

»Herr Lucas hat das so gewünscht.«

»Wo steckt er?«

»Er lässt ausrichten, dass er heute nicht kommen wird.« Der Kellner benahm sich sehr zuvorkommend. Er sprach höflich und gelassen. Dass er mehr wusste über Lucas, hielt Jakobi für ausgeschlossen. Jakobi zog sein Portemonnaie hervor. Er wollte raus aus diesem Irrenhaus.

»Herr Lucas hat die Rechnung bereits beglichen. Er wünscht einen guten Appetit. Er lässt ausrichten, dass Sie die nächste Rechnung begleichen dürfen.«

Jakobi trank sein Glas leer und stand auf. Irgendwie hatte er die Nase voll von diesen Albernheiten. Fast zum Spaß hakte er nach.

»Hat Herr Lucas auch gesagt, wie hoch die nächste Rechnung sein wird?«

Der Kellner reichte Jakobi einen kleinen Teller. Darauf lag eine zusammengefaltete Rechnung. Der Rechnungskopf trug das Signet des Hotels. Jakobi nahm den Zettel in die Hand und lehnte sich etwas zurück, damit der Kellner nicht mitlesen konnte. Auf der Rechnung stand: »Ihr Leben oder Fr. 1.500.000.-.«

Jakobi schnaufte heftig, er fühlte sich unwohl. Dieser Lucas, das musste ein Psychopath sein. Er beobachte den sehr genau, während dieser den Tisch abräumte: »Wie hat er ausgesehen, dieser Lucas?« Der Kellner antwortete freundich ohne ihn dabei anzusehen: »Ich habe ihn nicht gesehen. Er hat Zimmer 307 für eine Nacht gemietet. Aber er ist noch nicht eingetroffen. Herr Lucas hat mit unserer Geschäftsführerin telefoniert. Sie haben alles telefonisch geregelt.«

Jakobi verließ fluchtartig das Hotel-Restaurant Euler. Zimmer 307, das war das Zimmer von Mr. Bryan. Sein Zimmer. Immerhin wusste er jetzt, was Lucas von ihm wollte: Geld, genauer gesagt, anderthalb Millionen. Vermutlich wollte ihn Lucas bis zum ersten Treffen so weit zermürbt haben, dass Jakobi keine Zahlung mehr verweigerte.

Vor dem Hotel Jura warf er nochmals einen Blick ins Innere. Der Tisch, an dem vor einer halben Stunde Clairette und Schultheiß gesessen hatten, war leer.

Zurück in der Firma betrat Jakobi zuerst Schultheiß' Büro. Schultheiß addierte mit einem Taschenrechner Zahlenbeträge.

»Ich hab Sie vorhin gesucht, Herr Dr. Schultheiß.«

»Tut mir leid, ich war weg. Womit kann ich Ihnen helfen?«

»Darf ich fragen, wo Sie waren?«

Schultheiß zögerte keinen Augenblick. Er gab die Antwort sehr spontan.

»Ich hatte eine Verabredung mit Ihrer Frau im Hotel Jura.«

Jakobi war erleichtert. Schultheiß hatte die Wahrheit gesagt. Oder hatten sie ihn vielleicht gesehen? Versuchte Schultheiß deshalb, keine Lügen aufzutischen? Schultheiß schien zu merken, dass Jakobi mit der Antwort nicht zufrieden war. Er war nicht der Typ, der sich verpflichtet fühlte, Jakobi Rechenschaft über seine Gespräche abzulegen.

»Sie sollten Ihre Frau öfter über die Aktivitäten der Firma informieren. Sie ist sehr interessiert an unserer Arbeit. Das Gespräch mit Herrn Kop von heute Mittag scheint sie ein bisschen beunruhigt zu haben ...«

»Kop hat sie auch getroffen?«

»Wussten Sie das nicht?«

Schultheiß genoss es im Stillen, mehr zu wissen als Jakobi. »Womit kann ich Ihnen jetzt helfen, Herr Jakobi? Sie sagten, Sie hätten mich heute Nachmittag gesucht.«

Jakobi schnitt eine Grimasse. Es ärgerte ihn, dass Schultheiß seine fadenscheinige Ausrede durchschaut hatte. Zornig verließ Jakobi das Büro und suchte Kop auf. Kop blätterte in einem Waffenmagazin.

»Du hast dich heute Mittag mit Clairette getroffen.« Jakobi schloss die Tür hinter sich.

»Eifersüchtig?«

»Worüber habt ihr gesprochen? Warum wolltest du sie sehen?«

Kop nahm einen Prospekt hervor und schob ihn über den Tisch. Das farbige Titelbild zeigte eine Yacht auf hoher See.

»Habt ihr darüber gesprochen?« fragte Jakobi enerviert und warf den Prospekt auf Kops Tisch zurück.

Kop lehnte sich süffisant zurück und wippte mit dem Drehstuhl hin und her. Er schob den Prospekt nochmals auf Jakobis Schreibtisch hinüber.

»Ich brauche mehr Geld. Eine Lohnerhöhung ist fällig.« Jakobi schaute sich das Titelbild nochmals an. Es war eine schöne Yacht. Jakobi verstand zwar nichts davon, aber das Bild gefiel ihm. Er konnte sich durchaus vorstellen, mit Kop zusammen nach Griechenland zu segeln.

»Warum hast du nicht *mich* gefragt?« Kop verdrehte die Augen.

»Wie hättest du entschieden?«

»Ich hätte mit Clairette darüber gesprochen.«

»Siehst du. Ist doch viel einfacher, wenn ich mich direkt mit ihr in Verbindung setze. Dir würde sie mittlerweile ohnehin jede Bitte abschlagen.«

»Und? Kriegst du mehr Lohn?«

Kop lachte laut heraus und heftete den Prospekt an die Pinwand neben dem Fenster. Er wollte die Yacht um jeden Preis kaufen.

»Sie hasst mich. Ich bin der Satyr, der ihren Mann nachts ins Bordell entführt.«

Kop wich zwei Schritte von der Pinwand zurück und bewunderte die auf farbigem Hochglanzpapier abgebildete Yacht. Es war eine Princess 38, ein ansehnliches Stück Technik, Jahrgang 85, mit zwei 165er Volvo-Dieselmotoren.

»Ist sie nicht großartig, Marcel? Das ist unsere Prinzessin. Kannst du mir was leihen?«

»Anderthalb Millionen?« fragte Jakobi abtastend.

Kop nickte zufrieden.

»Das ist ein Angebot. Sie kostet zwei Mille, aber mit anderthalb krieg ich das schon hin. In zwei Monaten hast du das Geld zurück. Ehrenwort.«

»Ich hab auch kein Geld«, murmelte Jakobi resigniert, »das scheint unser gemeinsames Problem zu sein.«

Kop war enttäuscht, aber noch wollte er nicht aufgeben. Er glaubte Jakobi nicht, dass er kein Geld hatte.

»Hör mal zu, Marcel. Ich hätt das Geld schon, aber ich hab eine große Sache in Aussicht, ein riesiges Grundstück, zweihunderdreissig Franken der Quadratmeter, inklusive Perimeter, stell dir das mal vor, in Delsberg, beste Hanglage. Die Erbengemeinschaft ist völlig zerstritten. In einigen Wochen schmeißen sie den Plunder hin. In fünf Jahren stoß ich das Zeug für 800 Franken den Quadratmeter ab, das gibt fast eine Million. Bauen wäre noch besser. Der Geometer hat mir gesagt, dass man zehn bis zwölf Einfamilienhäuser draufspucken könnte. Wenn ich das durchziehe, hab ich kein Geld für die Yacht. Leih mir das Geld für die Yacht, und du kannst bei diesem Projekt einsteigen. Ist das ein faires Angebot?«

Jakobi schwieg.

»Stell dir das mal vor, zehn bis zwölf Häuser, das gibt für jeden von uns hundertzwanzigtausend pro Haus und ungefähr achtzigtausend fürs Land. Für jeden zwei Kisten. Und weißt du, was wir damit machen?«

»Die nächste Million?« fragte Jakobi enerviert.

»Wir kaufen eine größere Yacht und umsegeln das Kap. Nein, nein, Marcel, irgendwo hört's auf, man lebt nicht von der Arbeit allein. Sechs Monate Ferien im Jahr, das ist gut für die Potenz. Jedenfalls besser als Nashornpulver. Was meinst du, was uns da alles einfällt? Und wenn wir zurückkommen, landen wir unseren nächsten Coup.«

Kops Ideen waren schön und gut, aber zuerst wollte Jakobi sauberen Tisch haben. Er wollte Lucas finden.

»Ich kann dir nichts leihen, Kop, ich hab kein eigenes Geld. Die Firma, das Haus, der Wagen - alles gehört Clairette.«

Kop schmetterte die Faust auf die Tischplatte.

»Wieso hast du den alten Leutwyler nicht ausgenommen? An deiner Stelle hätt ich ihn Tag und Nacht beschwatzt, bis er jedes meiner Projekte finanziert hätte. Ich hätt die Ideen gebracht und er das Geld. Hast du denn nie versucht, eigenes Geld zu machen?«

»Doch, einmal, das war diese Grauwiler-Geschichte.«

Kop lächelte und öffnete die unterste Schublade.

»Und die macht dir jetzt zu schaffen, wie?«

Kop holte ein paar lose gelochte Blätter hervor. Er schob sie Jakobi über den Tisch: die Grauwiler-Akten.

»Bist du Lucas?«

»Nein, mein Freund, ich hab nur die Grauwiler-Akten studiert. Unser Herr Dr. Schultheiß hat mal so 'ne Bemerkung gemacht. Du hast mir zwar deine Version erzählt, aber die Wahrheit hat auch ihren Reiz. Ich wollte einfach wissen, was du falsch gemacht hast. Schließlich sind wir doch Partner, oder?«

»Ich dachte Freunde.«

»Wie wär's mit einer Partie Bowling? Heute Abend. Dann können wir alles in Ruhe besprechen.«

Jakobi war sicher, dass Kop mit der ganzen Lucas-Geschichte nichts zu tun hatte. Er war deprimiert, weil er spürte, dass er sich verrannt hatte. Alle Ungereimtheiten schienen sich von selbst aufzulösen. Die aus dem Archiv verschwundenen Akten. Hier lagen sie, vor seinen Augen. Und Kops Liquiditätsengpässe, zum Teufel damit, welcher Mensch auf Erden braucht nicht ständig mehr Geld? Jakobi war plötzlich überzeugt, dass der Schlüssel zur Lösung in Genf lag. Bei Grauwiler. Vermutlich war Grauwiler bloß schnell hergefahren, um den Kranz niederzulegen. Vielleicht hatte er ein paar Postkarten adressiert und jemanden in Basel beauftragt, täglich eine Karte einzuwerfen. Auch im Hotel Euler hatte sich Lucas nur telefonisch gemeldet. Und die Würste, die der Kellner serviert hatte, die ganze Inszenierung trug Grauwilers Handschrift. Jakobi war plötzlich überzeugt, dass Lucas in Genf war und von dort aus seine makaberen Spielchen trieb.

»Nein, Kop, ich kann heute Abend nicht, ich bin für ein paar Tage weg.«

Am liebsten wäre er gleich losgefahren, aber Clairette durfte nichts erfahren. So ging er gegen Abend nach Hause und programmierte den Weckdienst auf vier Uhr früh. Um diese Zeit würde Clairette ihren Tiefschlaf haben. Vor zwei Uhr morgens ging sie selten zu Bett. Jakobi legte sich hin, fand aber keine Ruhe, er fühlte sich krank. Irgendein Virus hatte ihn heimgesucht.

10

In den frühen Morgenstunden fuhr Jakobi in seinem schwarzen Rover nach Genf. Er fühlte sich elend, die Nase triefte, die Augen brannten. Er hatte ein ungutes Gefühl im Magen, er ahnte, dass diese Reise für ihn sehr wichtig werden würde. Die Autobahn war beinahe leer, doch als der Tag anbrach, passierte er Lausanne und wurde von einer riesigen Blechlawine aufgehalten, die sich heulend und stinkend in die Rhonestadt wälzte. Auf der Gegenfahrbahn scherte plötzlich ein sportlich verschalter BMW aus, prallte gegen die Leitplanke, wurde zurückgeworfen, überschlug sich und glitt auf dem Dach über den Asphalt, bis er die Böschung auf der rechten Seite hinunterschoss. Jakobi sah im Rückspiegel nur noch die Flammen, die in den Himmel schossen. Das Bild ließ ihn nicht mehr los.

Jakobi nahm sich vor, bei der nächsten Tankstelle das Reifenprofil überprüfen zu lassen. Und die Bremsen. Lucas war alles zuzutrauen. Im Grunde genommen hätte er einen Mietwagen nehmen sollen. Aus Sicherheitsgründen. Die restlichen sechzig Kilometer fühlte sich Jakobi wie auf einem Pulverfass. Ein leichtes Fieber erhitzte seinen Körper, sein Hosenbein war schon ganz nass von der triefenden Nase, als hätte er vor Angst in die Hosen gepinkelt.

Die Wurstfabrik lag im Genfer Industrieviertel, ein langgezogener, zweistöckiger Bau mit Flachdach und Produktionshalle. Aus den Lüfungsrohren stieg Dampf auf. Jakobi hatte plötzlich das Gefühl, dass nun alles gut würde, dass es doch möglich sein sollte, mit Lucas vernünftig zu sprechen. Als Leiche konnte er Lucas kaum von Nutzen sein. Warum sollte er nicht in Raten zahlen? Eine vernünftige Verzinsung würde sich schon finden lassen. Drei Prozent, das wär fair.

Jakobi warf einen Blick in die Halle. Arbeiter in schweren Plastikanzügen tranchierten Fleisch und Speck und warfen die Stücke in eine grossen Kutter, der alles zerhackte und mahlte. Kübelweise kippten die Männer Gewürze, Pökelsalz und Kutterhilfsmittel in den Kessel. Ein Stahlrohr ragte aus dem unteren Teil des Kessels. Aus dem offenen Ende wurde die Wurstmasse herausgepresst und in Rinderdünndärme aufgenommen. Es sah aus, als würde ein gusseisernes Ungetüm in Präservative koten. Der Anblick verunsicherte Jakobi. Er zweifelte plötzlich wieder daran, dass ein vernünftiges Gespräch möglich sein würde.

Jakobi stieg die Metalltreppe zur Bürohalle im ersten Stock hinauf. An den Wänden hingen verschiedene Schilder mit den einzelnen Stock- und Abteilungsbezeichnungen. Jakobi suchte das Direktionsschild.

»Je peux vous aider?«

Jakobi drehte sich um. Hinter dem verglasten Empfangsrondell stand eine junge Telefonistin.

»Je cherche Monsieur Grauwiler.«

Jakobi nahm den bereitstehenden Kugelschreiber und trug Uhrzeit und Namen in die vorbereitete Besucherliste ein.

»Monsieur Grauwiler?«

»Le directeur.«

»Mais il ne travaille plus. Il a vendu la fabrique, il ya quatre ans.«

»Il habite à Genève?«

Die junge Telefonistin zögerte. Sie wusste offenbar nicht, ob sie die Adresse des früheren Direktors mitteilen durfte.

»C`est privé.«

Das Mädchen notierte etwas auf ein Stück Papier und reichte es Jakobi: »Voilà,17, Chemin du Châtelet.«

Grauwilers Villa lag an einem leicht ansteigenden Hang, direkt am Genfer See. Das Herrschaftshaus aus dem späten 19. Jahrhundert war in einem schlechten Zustand, die Parkanlage verwildert. Ein hohes, schwarzes Gitter umzäunte das Anwesen. Die beiden Buchstaben auf dem Glockenschild waren kaum lesbar. Jakobi drückte die Klingel. Zu seinem Erstaunen sprang wenige Sekunden später das Gittertor auf.

Jakobi schritt vorsichtig über die laubbedeckten Bodenplatten. Sie waren glitschig. Ein Hund begann zu kläffen. Ein kleiner Dackel sprang hinter den Büschen hervor und rannte auf Jakobi zu. Jakobi wollte zur Seite weichen und glitt er auf dem nassen Laub aus. Unsanft schlug er mit der linken Hüfte auf der Betonkante einer Wegplatte auf. Der Dackel blieb vor ihm stehen und beschnupperte seine Schuhe. Jakobi wollte aufstehen, doch die Hand, die er zum Aufstützen brauchte, grub sich in der aufgeweichten Erde ein.

»Vous vous êtes fait mal?«

Jakobi blickte hoch. Im Eingangsportal stand eine resolute Frau, so um die Siebzig. Trotz ihrer beachtlichen Körperfülle war sie sehr beweglich. Sie wischte ihre nassen Hände an ihrer Kochschürze ab. Jakobi rappelte sich hoch. An seiner rechten Hand klebte Katzenkot.

»Verdammte Scheiße«, zischte Jakobi.

»Ach, Sie sprechen deutsch?« entgegnete die Frau gutmütig. Sie zog einen Küchenlappen aus ihrer Schürze und wusch Jakobi die Hand sauber.

»Diese Katzen, die ganze Nachbarschaft verrichtet hier die Morgentoilette. Unser Dondo ist nicht mehr der Jüngste, die Katzen nehmen ihn nicht mehr ernst. Das ist das Problem des Alters. Man wird nicht mehr ernst genommen.«

Energisch strich die Dame mit ihrem Lappen Jakobis Finger sauber.

»Mich hat der Dackel ganz schön erschreckt.«

Jakobi nahm sich vor, auch mit Grauwiler über den Dackel zu sprechen, um die Atmosphäre ein bisschen aufzulockern.

»Danke, mein Name ist Jakobi. Ich komme aus Basel. Ich war vorher in der Fabrik. Ich wusste nicht, dass Herr Grauwiler nicht mehr arbeitet.«

»Waren Sie mit ihm befreundet?«

»Wir hatten vor ein paar Jahren miteinander zu tun.«

»Kommen Sie doch rein, hier draußen ist es schrecklich kalt.«

Die Frau führte Jakobi in das geräumige Entrée. Es war im englischen Stil eingerichtet. Am Ende des rot karierten Läufers stand eine verstaubte Ritterrüstung, an den Wänden hingen zerschlissene eidgenössische Kantonsfahnen in Glasvitrinen, verschiedene Lanzen und Schwerter. Die Frau drückte den Lichtschalter. Das hallenartige Entrée wurde mit einem gelblichen Schimmer überzogen. Wesentlich heller wurde es nicht.

»Wir haben ihn letzten Herbst begraben. Das ist schon ein Jahr her. Es kommt mir vor, als hätte ich Herrn Grauwiler erst gestern noch den Tee in die Bibliothek gebracht. Es ist eine Schande, wie die Zeit vergeht. Man darf gar nicht daran denken. Dreißig Jahre habe ich für ihn gekocht.«

Die Haushälterin lächelte melancholisch. Jakobi stand da und wartete. Sie merkte gleich, dass er ihre Gefühle nicht teilen konnte. Sie war alleine mit ihren Erinnerungen und Empfindungen, wie alle anderen Menschen auch.

»Kommen Sie in die Küche. Ich mach Ihnen einen Kaffee.«

Die Haushälterin führte Jakobi in eine große Wohnküche. In einem gusseisernen Topf schmorte ein Braten. Es roch nach Knoblauch und frischen Kräutern. Jakobi verspürte plötzlich großen Hunger.

»Setzen Sie sich. Der Kaffee ist noch warm.«

Jakobi setzte sich auf die lange Holzbank. Die Haushälterin stellte eine große Kaffeetasse auf den Tisch, ein Wiener Modell aus den dreißiger Jahren aus weißem Porzellan. An der Tischkante gegenüber war eine Nudelmaschine festgeschraubt. Unter dem siebförmigen Trichter stand eine dicke Schüssel, wie man sie heute in keinem Warenhaus mehr fand. Die Haushälterin drehte die Kurbel. Frische Teigfäden wurden aus dem Trichter gepresst. Wenn sie zu lang wurden, rissen sie ab und fielen in die

Schüssel. Jakobi hatte noch nie in seinem Leben selber zubereitete Teigwaren gegessen. Er hatte auch noch nie erlebt, dass jemand bereits um neun Uhr morgens kochte. Er konnte sich an keine Gerüche aus seiner Kindheit erinnern. Vielleicht der Misthaufen hinter dem alten Haus seiner Großmutter. Aber wo gab es heute schon Misthaufen, die einen in die Kindheit zurückführen konnten? Er nahm sich vor, auf der Heimfahrt nach Basel bei einem Bauernhof anzuhalten und vor einem Misthaufen zu verweilen.

Die Haushälterin hatte ihm ein Stück Speck und einen Laib Schwarzbrot neben die Kaffeekanne gelegt. Sie war glücklich, einen Gast bei sich zu haben, den sie bewirten durfte. So schlecht konnte dieser Grauwiler gar nicht gewesen sein, wenn es diese herzensgute Frau so lange bei ihm ausgehalten hatte. Das war eigentlich die Mutter, die sich Jakobi immer gewünscht hätte. Aber Jakobis Mutter und Tanten, die ihn großgezogen hatten, die hatten nur gekreischt und geprügelt, gedroht, sie hatten nie Zeit gehabt. Er hatte sich immer als lästiger Köter gefühlt, den man ab und zu zum Pinkeln bis zur nächsten Straßenecke ausführen musste. Und all die Menschen, denen Jakobi auf dem Bahnhof begegnet war, hatten wie er ihre Jugend in Fluren und Treppenhäusern verbracht und tagelang davon gezehrt, wenn der Milchmann ihnen mal übers Haar gestrichen hatte. Insgeheim hatte Jakobi immer gehofft, dass irgendwann ein Zug anhalten und ein Engel aussteigen würde. Clairette war ausgestiegen. Es machte ihn traurig, dass das Leben mit ihr nicht so weiterverlaufen war wie in den großen Familiensagas. Clairette hatte ihre Flügel verloren. Das Leben hatte sie gestutzt.

Die Haushälterin hob den Deckel der Bratpfanne

hoch. Sie wendete das Fleisch und übergoss es großzügig mit Rotwein. Jakobi sog den Bratenduft in sich hinein, angebratenem Knoblauch, Zwiebeln und feinen Kräutern. Die frischen Nudeln in der braunen Schüssel machten ihn schwermütig. Die Haushälterin setzte sich an den Tisch und schnitt liebevoll kleine Speckwürfel. Für den Salat. Sie erzählte von Grauwilers Frau, die früh dem Alkohol verfallen war und sich an einem Weihnachtsabend vor zwanzig Jahren das Leben genommen hatte. Sie sprach sanft und verständnisvoll. Sie verlor kein böses Wort. Sie reflektierte über sich und die Welt wie ein Mensch, der hoch oben über den Wolken den Sottisen und Verirrungen der Menschen zusah. Und erst jetzt realisierte Jakobi, dass die gute Frau kochte. Dass sie für jemanden kochte!

»Hatte Herr Grauwiler Kinder?«

Die Haushälterin lächelte gutmütig.

»Meinen Sie, ich koch das für mich alleine? Sie können ruhig zum Essen bleiben. Lucas wird sich freuen.«

»Lucas?« stammelte Jakobi mit weit aufgerissenen Augen.

»Ja«, sagte die Haushälterin, »Lucas. Das ist der Sohn von Herrn Grauwiler, das einzige Kind.«

»Wo ist er? Ich muss ihn sprechen.«

»Schlechte Nachrichten?«

Die Haushälterin wischte sich die Hände an der Schürze ab und goss sich ein Glas Wein ein.

»Nein, nein, es ist nichts Schlimmes. Ich wusste nur nicht, dass Herr Grauwiler einen Sohn hat ..., der Lucas heißt.«

»Sie sind mir aber ein komischer Kauz.«

Die Haushälterin nahm ein zweites Weinglas aus dem Regal und setzte sich wieder an den Tisch.

»Nehmen Sie auch ein Gläschen? Bei diesem Wetter ist es das Beste für den Kreislauf. Ein 94er Châteauneuf. Ich brauch ihn zum Kochen. Der gute Grauwiler hat noch weit über zweitausend Flaschen im Keller. Lucas trinkt keinen Wein.«

Beim Wort Lucas war Jakobi wieder zusammengezuckt. Die Haushälterin schenkte ihm ein Glas ein.

»Gefällt Ihnen der Name nicht? Er ist von mir. Ich durfte ihn auswählen«, sagte sie stolz. Doch gleich darauf senkte sie fast beschämt ihren Kopf.

»Das war sehr nett von den Grauwilers.«

Jakobi nippte an seinem Glas. Er steckte ein Stück Brot in den Mund, um den Kaffeegeruch zu verdrängen.

»Herr Grauwiler war immer sehr nett zu mir. Frau Grauwiler natürlich auch, aber leider ... Sie wissen ja. Sie war noch so jung.«

»Hat Herr Grauwiler mit Ihnen auch über geschäftliche Angelegenheiten gesprochen?«

Plötzlich gehörte die Haushälterin auch zum Kreis der Verdächtigen. Jakobi hielt dies zwar für unmöglich, aber er musste fragen. Es war ein innerer Zwang.

»Nein, ich habe nie versucht, den Platz seiner Ehefrau einzunehmen. Der stand mir nicht zu. Ich hab mich bloß um Lucas gekümmert. Der Junge war ja so alleine. Jetzt ist er schon zweiunddreißig.«

Sie schaute an Jakobi vorbei, verklärt und sorgenvoll.

»Lucas ist nicht wie andere Kinder. Irgendwie ist er dem Leben ferngeblieben. Ich weiß nicht, ob das schlecht ist. Er ist ein so netter Junge, glauben Sie mir. Ich bring Sie gleich zu ihm, aber seien Sie behutsam. Wenn Sie ihm Kummer bereiten wollen, sagen Sie's mir bitte gleich.«

Jakobi schüttelte den Kopf und erhob sich von der Holzbank.

»Versprechen Sie mir, dass Sie ihm nichts Unangenehmes mitteilen?«

Jakobi nickte. Es war ein Versprechen. Die Haushälterin atmete tief durch. Sie schien bedrückt. Sie führte Jakobi durch die Eingangshalle. Vor einer zweiflügeligen Holztür blieb sie stehen. Zweimal klopfte sie an die Tür.

»Sie können jetzt eintreten. Aber seien Sie nett zu ihm. Er empfindet anders als die Menschen draußen.«

Sie öffnete Jakobi die Tür. Der zirka achtzig Quadratmeter große Saal war stark abgedunkelt. Er war nicht möbliert. Eine gigantische Geleisanlage beherrschte das gesamte Parkett, die handbreiten Schienenstränge führten durch riesige Tunnel und über meterhohe Gebirgsketten. Zuhinterst im Saal leuchtete ein altertümlicher Bahnhof. Er lag ungefähr zwei Meter über dem Boden. Dahinter bewegte sich ein junger Mann, etwas linkisch. Das Gesicht war aufgedunsen. Er trug die rote Mütze eines Bahnhofsvorstehers und schien alles mit einem gewissen Befremden zu registrieren. Routiniert hantierte er hinter seinem Schaltpult und dirigierte die verschiedenen Personen- und Güterzüge durch die Halle.

Behutsam schritt Jakobi die Wände entlang, bis er nur noch wenige Meter von der Metalltreppe stand, die zum Bahnhof hinaufführte.

Der junge Mann schaute auf den Güterzug hinunter, der an Jakobi vorbeifuhr. Jetzt musste er Jakobi gesehen haben.

»Ich bin wegen Lucas hier.«

Jakobi schaute zur Galerie hoch und hoffte irgendeine Reaktion im Gesicht des jungen Mannes ablesen zu können.

»Ich bin Lucas.«

Lucas hantierte an seinem Regiepult. Plötzlich wurde eine Eisenbahnbrücke in der Mitte der Anlage in grelles Licht getaucht. Ein Güterwagen fuhr über die Brücke.

Das Summen der Geleise erfüllte den ganzen Saal.

»Was wollen Sie von mir?« fragte Jakobi trocken.

»Der Puffer zu Ihrer Linken. Neben der Windmühle. Haben Sie's? Er ist defekt. Das ist der dritte Rangierunfall in dieser Woche. Wenn Sie den Schaden bitte beheben wollen.«

Jakobi kniete nieder. Ein Lämpchen im Innern der Windmühle leuchtete auf. Er sah den Puffer, der sich von der Verbindungsschiene gelöst hatte, und fügte die beiden Teile wieder zusammen.

»Sie wollen anderthalb Millionen von mir«, sagte Jakobi.

»Die Anlage ist unverkäuflich.«

Am liebsten wäre Jakobi die Eisentreppe hinaufgestürmt und hätte diesen Burschen so lange geohrfeigt, bis seine rote Mütze durch den Saal geflogen wäre. Aber er hatte der Haushälterin versprochen, nett zu sein. Und er hatte das Versprechen in jener Küche gegeben, die ihn an so vieles erinnert hatte. Er wollte sich daran halten. Er suchte nach einem neuen Einstieg.

»Lucas, ich war ... in gewissem Sinn ein Geschäftsfreund Ihres verstorbenen Vaters.«

»Kennen Sie sich aus in Genf?«

»Ich habe einen Stadtplan bei mir.«

»Sie finden meinen Vater hinter dem Chemin Furet, Friedhof Châtelaine.«

Jakobi zweifelte daran, ob dieser Lucas wirklich Lucas war. Anderseits passten alle bisherigen Lucas-Botschaften ziemlich gut zum Bild dieser seltsamen Gestalt, die es dank unglücklicher Umstände geschafft hatte, den Eintritt ins Erwachsenenleben zu vermeiden.

»Ihr Vater hat mir vor fünf Jahren ziemlich viel Geld anvertraut. Ich weiß nicht, ob Sie Bescheid wissen über die damaligen finanziellen Aktivitäten Ihres Vaters. Es war Schwarzgeld. Ziemlich viel Geld.«

»Ich muss sehen, was ich machen kann.«

Lucas dirigierte einen langen Güterzug mit offenen gelben Güterwagen über das Gebirge zu Jakobi hinunter. Vor Jakobi blieb der Zug stehen. In jedem Güterwagen hätten acht aufeinandergestapelte Taschenbücher Platz gehabt.

»Laden Sie bitte auf, wir haben nicht viel Zeit. In wenigen Minuten fährt der Hispania-Express ein.«

Jakobi starrte in die leeren Güterwagen. Mag sein, dass man darin anderthalb Millionen in großen Scheinen hätte platzieren können.

»Ich hab das Geld nicht bei mir. Ich habe es seinerzeit im Auftrag Ihres Vaters auf einem Nummernkonto deponiert, welches das Kennwort 'Lucas' trug. Ich habe anderthalb Millionen davon veruntreut.«

»Wenigstens wollen Sie mir keinen Verwaltungsratsposten andrehen. Das find ich sehr anständig von Ihnen.«

Jakobi rieb sich verlegen den Hinterkopf. Das Gespräch entwickelte sich wie eine komplizierte Schachpartie. Ein falscher Zug, und schon purzelten die Figuren vom Brett.

»Ich hatte damals kein Geld. Ich hab auch heute kein Geld.«

»Versuchen Sie's mit dem Halbtaxabonnement der

Bahn. Das kann sich jeder leisten.«

Der Güterzug fuhr weiter. Ein Tunnel verschluckte ihn. Die Beleuchtung der Windmühle erlosch.

»Ich hab mit dem Geld Ihres Vaters an der Börse spekuliert. Und verloren.«

»Sie hätten gescheiter Anteilscheine für die Bahn gezeichnet. Zweieinhalb Prozent, aber mit Staatsgarantie.«

Lucas pfiff kurz in eine Trillerpfeife, die an einer Schnur um seinen Hals hing. Dann spuckte er sie wieder aus.

»Wenn Sie Gewissensbisse haben und sich ein bisschen ausweinen wollen: Die Haushälterin finden Sie im Bahnhofbuffet. Sie kocht gerade einen Braten und trinkt dazu einen 98er Châteauneuf. Sie hat ganz weiche Brüste.«

Jakobi stieg langsam die Eisenstufen zur Galerie hoch.

»Steigen Sie wieder runter«, schrie Lucas, »den Fahrgästen ist der Aufenthalt im Stationshaus verwehrt.«

»Ich hab Ihren Vater übers Ohr gehauen«, schrie Jakobi zurück, »ich hab ihm einige Millionen ausgerissen und anderthalb Millionen davon in den Sand gesetzt. Ist Ihnen das eigentlich klar?«

»Sonnenklar, Milord.«

»Seit Wochen werde ich von einem mysteriösen Lucas terrorisiert. Er schreibt, dass er mich umbringen will. Deshalb bin ich hier. Ich will mich mit ihm arrangieren.«

Lucas ließ die Züge in atemberaubender Geschwindigkeit über die Anlage sausen. Jetzt hörte man sogar das monotone Brummen der Transformatoren. Lucas schien erregt.

»Mein Vater hat sein Leben lang mit Geld gespielt.

Das war sein Hobby. Ein teures Hobby. Aber ich glaube nicht, dass mein Vater Sie terrorisiert. Er war ein guter Verlierer. Deshalb ist er schließlich gestorben. Ich glaube nicht an die Wiederauferstehung der Toten. They never come back.«

Über der zweiflügligen Türe blinkte eine Tafel auf: EXIT.

»Guten Abend, Milord. Ich muss den Betrieb für ein paar Stunden einstellen, sonst krieg ich Ärger mit den Gewerkschaften.«

Sämtliche Züge verlangsamten ihre Geschwindigkeit, wechselten das Geleise und fuhren auf den großen Bahnhof zu.

Jakobi schritt an den Wänden entlang wieder zum Ausgang. Bevor er die Tür öffnete, schaute er ein letztes Mal zur Galerie hinauf. Lucas hatte seine rote Mütze abgenommen. Beschwörend sprach er nochmals auf ihn ein.

»Lucas, das Nummernkonto trug Ihren Namen. Das Geld war für Sie bestimmt. Für Sie alleine. Ist Ihnen das alles egal?«

»Scheißegal.«

Jakobi trat in die Empfangshalle hinaus und schloss die Tür hinter sich. Die Haushälterin kam mit bangem Blick aus der Küche. Sie hatte in der Zwischenzeit den Tisch gedeckt. Für drei Personen. Aber Jakobi war der Appetit längst vergangen. Er hatte nur noch einen Gedanken: das Haus verlassen. Doch er konnte die Haushälterin nicht einfach so stehen lassen, mit ihren sorgenvollen Augen.

»Es ist alles gutgegangen«, murmelte er leise, »Sie brauchen sich keine Sorgen zu machen. Lucas ist ein großartiger Junge.«

Gerührt ergriff die Haushälterin Jakobis Hände und strahlte ihn mit feuchten Augen an. Sie drückte Jakobis Hände so fest sie konnte.

»Er ist mein kleiner Junge, verstehen Sie? Er ist mein Junge.«

Jakobi nickte, als wolle er sagen 'ist ja schon gut'. Fluchtartig verließ er das Haus.

11

Am Nachmittag war Jakobi wieder in Basel. Er blieb jedoch der Arbeit fern. Er besuchte die Dreiuhrvorstellung im Kino Plaza, die Fünfuhrvorstellung im Kino Hollywood und die Siebenuhrvorstellung im Kino Capitol. Unbewusst mag er nach Lösungen für sein eigenes Problem gesucht haben. Aber alle drei Filme hatten andere Geschichten erzählt, und die Helden waren am Schluss gestorben. Man hatte mit ihnen gelitten, hatte sie gemocht, aber am Ende waren sie tot.

Gegen zehn Uhr kam Jakobi ins Haus seines verstorbenen Schwiegervaters zurück. Er hatte es nie als sein eigenes betrachtet. Die Teppiche und Möbel, die Clairette ausgewechselt hatte, waren nicht von ihm ausgewählt worden.

Während jeder Hund morgens pinkelnd sein Revier markierte, fühlte sich Jakobi in diesem Haus immer als Gast auf Zeit.

Im Wohnzimmer war der Tisch gedeckt. Eine Käseplatte, zusammengerollte Tranchen Bündnerfleisch, ein 78er Grand Corbin, halbvoll, zwei Bestecke. Das eine war unberührt. Im anderen Teller Gabel und Messer, gekreuzt, ein paar Brotkrümel und eine halbe Essiggurke.

Jakobi setzte sich vor Clairettes Teller und griff nach einem Stück Brot. Er schenkte sich ein Glas Wein ein.

»Dieser Herr Lucas hat wieder angerufen!«

Die Stimme kam aus dem Dunkeln. Jetzt erst erkannte Jakobi Clairettes Silhouette im Sessel zwischen den meterhohen Zimmerpflanzen. Der hintere Teil des Zimmers war unbeleuchtet, nur die kleine Spotlampe über dem Tisch brannte.

»Bei uns zu Hause?«

»Ja, er wird dich morgen besuchen.«

Soll er nur kommen, dachte Jakobi. Er war es endgültig Leid, sich von diesen infantilen »Lucas«-Botschaften einschüchtern zu lassen. Wenn es diesem Lucas ernst wäre, kombinierte Jakobi, hätte er ihn längst aufgesucht oder handfeste Übergabemodalitäten für das Geld festgelegt.

»Wo warst du eigentlich gestern Nachmittag?« fragte Jakobi.

Er wollte prüfen, ob sie ihm die beiden Treffen mit Schultheiß und Kop verheimlichen würde.

»Hab ich dich jemals gefragt, wo du die letzten vier Jahre verbracht hast?«

Jakobi hatte keine Lust zu streiten. Er hob das Glas und zog das Bouquet mit geschlossenem Mund durch die Nase. Die Nase war immer noch von der Erkältung verstopft. Den herben Geruch von Sandelholz und Rosen nahm er kaum wahr. Er trank zwei Schlucke und ließ den Wein langsam den Gaumen hinunterfließen.

»Eigentlich schade, diesen Wein jetzt schon zu trinken. Er ist noch zu jung.«

»Warum trinkst du ihn dann?« fragte Clairette gereizt. Sie erhob sich. Langsam kam sie auf ihn zu. Sie lächelte, wie sie es immer tat, wenn sie etwas besonders Scheußliches im Schilde führte. Erst jetzt erinnerte sich Jakobi, dass Clairette ihm den Wein zum ersten Jahrestag ihres Treffens am Bahnhof geschenkt hatte. Sie hatten sich damals geschworen, jedes Jahr an ihrem Jubiläumstag eine Flasche aus der Zwölferkiste zu nehmen und gemeinsam auf ihre Liebe anzustoßen. Die Kiste lag noch im Keller, und ihre Liebe war im Eimer.

Krachend schlug die Flasche auf dem Zimmerboden auf. Clairette hatte sie absichtlich fallen lassen.

»Bist du eigentlich übergeschnappt oder betrunken?«

Clairette lächelte nur. Sie genoss es, Zeichen zu setzen, die Jakobi entsetzten.

»Wenn einer von uns beiden am Alkohol zugrunde geht, wirst du es sein, Marcel. Nicht ich.«

Clairette verließ das Zimmer. Jakobi sprang auf und rief ihr nach:

»Willst du mir jedes Mal eine Szene machen, wenn ich fünf Minuten zu spät nach Hause komme? Ich hatte noch zu tun, na und? Hätt ich anrufen sollen?«

Jakobi holte in der Küche Besen und Schaufel aus dem Schrank unter dem Abwaschbecken. Im Wohnzimmer kniete er nieder und wischte die Scherben in die Handschaufel. Clairette war zurückgekommen. Jakobi schaute kurz hoch. Er war wütend.

»Ich war in Genf. Nach dem Gespräch bin ich gleich nach Hause gefahren. Das nächste Mal ruf ich an.«

»Das hast du dir längst abgewöhnt, Marcel. Stell dir einfach vor, ich sei ein schäbiges Hotel. Wenn du keine Lust hast, meldest du dich einfach ab.«

Sie blieb vor Jakobi stehen und schaute voll Verachtung auf ihn hinunter. Es ärgerte ihn, dass sie noch da war.

»Wollen wir es nicht noch einmal miteinander versuchen?«

Jakobi hielt die Spannung nicht mehr aus. Er wollte nicht Frieden. Er wollte einfach diese explosive Mischung aus Wut und Anspannung loswerden. Waffenstillstand. Am liebsten hätte er alles hingeschmissen und das Haus für immer verlassen. Er war überzeugt, dass Clairette und er sich sonst eines Tages wie Bestien gegenseitig abstechen würden.

»Wollen wir es nicht noch einmal miteinander versuchen?« wiederholte Jakobi.

»Versuch's doch«, lächelte Clairette und drehte Jakobi kokett den Rücken zu. Gelassen schritt sie zum Flur hinaus.

Jakobi starrte auf das Brotmesser auf dem Tisch. Er hatte Angst, die Beherrschung zu verlieren. Clairette kam zurück. Jakobi sah mit Schrecken zu, wie sich die Finger seiner rechten Hand krampfhaft spreizten. Er hatte Angst, etwas Ungeheuerliches zu tun. Clairette sah es ihm an. Das Brotmesser lag immer noch auf dem Tisch. Ein stechender Schmerz krallte sich in seinen Schläfen fest. Es war, als würde eine eiserne Faust sein Gehirn auspressen. Er wollte schreien, um den Spuk zu verscheuchen. Clairette stand nur noch zwei Meter von ihm entfernt. Sie war stehen geblieben. Er spürte ihre Anwesenheit. Er sah sie nicht. Er spürte ihren Triumph. Er sah nur noch das Messer. Als Clairette ihn von hinten berührte, schnellte seine Hand nach vorn. Jakobi wollte zum Messer greifen, erwischte die Tischkante, hakte sich daran fest und hob den

Tisch hoch. Gläser und Teller glitten blitzschnell die Tischplatte hinunter und zerscherbelten an der Wand. Jakobi stemmte den Tisch hoch, bis er sich überschlug und dumpf auf dem Boden aufschlug.

Clairette war nicht vom Fleck gewichen. Sie lächelte bloß. Wer mit ihr streiten wollte, musste bis zum Äußersten gehen. Sie liebte es, Jakobi zu reizen. Sie wartete, bis er ihr genügend Aufmerksamkeit schenkte. Dann bückte sie sich nach dem Fuß der Stehlampe, holte aus wie ein Golfspieler und schmetterte den oberen Teil gegen die Scheibe des Fernsehers. Ein dumpfer Knall erschütterte das Zimmer. Jakobi hechtete zur Steckdose und riss das Kabel heraus. Die Stehlampe sauste über Jakobis Kopf hinweg. Clairette schwang sie wie eine Keule und schmetterte sie mit großer Genugtuung gegen die chinesische Vitrine, die mit zahlreichen Raritäten aus fernen Ländern bestückt war. Das dünne Glas ging in die Brüche. Die Spotlichter am oberen Ende der Lampe splitterten das Pagodendächlein auf. Mit einem zweiten Schlag schlug sie die Holzkuppel aus ihrer Verankerung. Der Kopf eines elfenbeinernen Buddhas hüpfte vom Rumpf und rollte über den Teppich. Clairette verlor das Gleichgewicht und stürzte zu Boden. Schnaufend blieb sie liegen.

»Was willst du von mir?« fragte Jakobi ruhig. Er hielt immer noch den Stecker des Fernsehers in der Hand.

Clairette schwieg. Soeben hatte sie noch eine tiefe Befriedigung verspürt. Jetzt schien sie zu Tode betrübt. Sie wartete sehnsüchtig auf ein erlösendes Wort. Doch Jakobi fand es nicht.

»Clairette, was willst du von mir?«

Clairette nahm den abgetrennten Kopf des Buddhas in

die Hand und setzte ihn wieder auf den Rumpf. Er pur-
zelte über den dicken Bauch und kullerte erneut über den
Teppich.

»Alles.«

12

Am nächsten Morgen stand der Tisch, sauber aufge-
wischt, wieder auf den Beinen. Stehlampe, Fernseher und
Vitrine waren aus dem Zimmer entfernt worden. Nichts
deutete darauf hin, dass sich letzte Nacht irgendetwas Besonderes ereignet hatte.

Clairette hatte Kaffee gekocht. Jakobi setzte sich zu
ihr an den Tisch. Nach einer Weile fragte er:

»Was willst du von mir?«

»Ich weiß nicht, ob ich noch etwas will von dir.«
Clairette versuchte sich eine Scheibe Brot abzuschneiden.

Das Brot war zu hart. Sie kaufte seit Tagen keine
Nahrungsmittel mehr ein.

»Du bist mir fremd geworden, Clairette, aber ich liebe
immer noch die Frau, der ich damals in der Bahnhofsunterführung begegnet bin.«

Clairette lächelte matt.

»Wieso hast du Geheimnisse vor mir?«

»Geheimnisse?«

Jakobi trank einen Schluck Kaffee. Er schmeckte
nach gar nichts. Vermutlich war die Kaffeedose jetzt leer.
Für mehr hatte es nicht mehr gereicht.

»Eine jüngere Frau, das wär vielleicht besser für dich. Was meinst du, Marcel, irgend so ein nettes, kleines Dummerchen mit einem knackigen, pflegeleichten Po hinter dem Abwaschbecken.«

Jakobi erhob sich und verließ wortlos das Haus. Er suchte die Schnellimbissbar in der Bahnhofsunterführung auf. Vielleicht hatte er gehofft, hier unten ein bisschen vom dem zu finden, was er einst gewesen war. Aber nichts berührte ihn. Der Kaffee war genauso schlecht wie zu Hause. Die Männer, die die Nacht über den Abluftschächten verbracht hatten, schienen ihn nicht zu mögen. Ihre verstohlenen Blicke waren geprägt von Misstrauen und Neid. Die Züge kamen und gingen. Und kein Engel stieg aus.

Gegen neun Uhr erreichte Jakobi das Hochhaus an der Heuwaage. Er betrat den Fahrstuhl und fuhr zum vierten Stock hinauf. Plötzlich begann die Kabine leicht zu ruckeln und sackte einen halben Meter in die Tiefe. Zwischen dem zweiten und dritten Stock blieb sie endgültig stehen. Jakobi drückte nochmals den Knopf für den vierten Stock. Die Elektronik reagierte nicht. Er hörte nahende Schritte im dritten Stock. Jakobi wollte um Hilfe schreien. Er ließ es bleiben. Er wollte sich nicht lächerlich machen. Schließlich gab es ein Fahrstuhltelefon. Beherrscht nahm er den Hörer ab und drückte die Alarmtaste.

»Hallo?«

»Können Sie sich vorstellen, vier Jahre in diesem Fahrstuhl zu verbringen?« fragte eine hämische Stimme.

»Lucas?« flüsterte Jakobi ungläubig.

»Sie werden für Ihre Verbrechen bezahlen, Marcel Jakobi. Mit Ihrem Leben oder in bar. Ich kann Sie ins Zuchthaus bringen. Aber das wäre nicht Strafe genug. Sie haben die Wahl.«

Jakobi versuchte die Stimme einzuordnen. Es war eine männliche Stimme, aber sie klang so merkwürdig, so unwirklich. So sprach kein Mensch.

»Ich hab doch gar kein Geld, was wollen Sie denn von mir?«

»Gerechtigkeit.«

»Womit soll ich bezahlen?« Lucas schwieg.

»Nennen Sie Ihren Preis!«, schrie Jakobi.

»Hundertfünfzigtausend.«

Plötzlich begann die Kabine wieder zu ruckeln. Der Fahrstuhl fuhr aufwärts. Im vierten Stock hielt er an. Jakobi fuhr gleich wieder ins Parterre hinunter. Die Tür zum Hauswartbüro stand offen. Jakobi durchquerte langsam den Flur. Das Büro war leer. Neben der Telefonanlage lag ein Teller mit einem angebissenen Sandwich.

Jakobi fuhr hoch. Er betrat den Empfangsraum der Leutwyler AG. Es war niemand da. Jakobi nahm den Flur zur linken Seite und horchte an der Tür von Dr. Schultheiß. Er hörte keine Geräusche. Er klopfte leise und öffnete die Tür. Das Büro war leer.

Jetzt war Kops Büro an der Reihe. Als er zum zweiten Mal den Empfangsraum durchquerte, blieb er verdutzt vor Ginas Schreibtisch stehen. Er hatte Stimmen gehört. Verhaltenes Gelächter. Jakobi folgte den Stimmen. Lauschend blieb er vor seinem Büro stehen. Er horchte. Schon wieder dieses verhaltene Gelächter. Jakobi stieß die Tür auf. Clairette. Sie stand hinter dem braunen Mahagonitisch, ein Champagnerglas in der Hand. Links von ihr Dr. Schultheiß. Er strahlte wie ein Spitzbu-

be und schaukelte das halbleere Champagnerglas hin und
her, als wolle er gleich ein altes Kameradenlied anstim-
men. Gegenüber von Clairette standen Kop und Gina.
Beide in ausgelassener Stimmung. Gina füllte Kops Glas
nach. Sie hielt inne, als sie Jakobi sah. Alle hielten inne.

»Herr Jakobi, Sie haben Verspätung.«

Clairette nässte ihre pinkrot geschminkten Lippen mit
der Zungenspitze. Sie trug ein hochgeschnittenes,
schwarzes Kleid, das die Hüften eng umfasste. Sie war
sehr schön heute Morgen. Ihre hellgrünen Augen leuchte-
ten, wie damals, in der Bahnhofspassage. Jakobis Engel
war zurück. Er lächelte ihr zu. Er wollte alles vergessen.

»Stoßen wir an, auf meinen Vater.«

Clairette wandte sich dem Ölporträt zu, das links von
Jakobi an der Wand hing. Die andern folgten ihrem Beispiel. Respektvoll schauten sie hoch zum alten Leutwyler, der immer noch gemütlich in seinem Chesterfield-
Sessel saß und nachdenklich in die Runde blickte. Gina
brachte Jakobi das Glas Champagner, das gefüllt auf dem
Tisch neben dem Telefon stand. Jakobi überwand sich
und prostete dem Ölgemälde widerwillig zu.

»Frau Dr. Jakobi, wir sind alle sehr glücklich, dass
Sie wieder bei uns sind. Das Schicksal hat Sie in erschüt-
ternder und grausamer Weise auf die Probe gestellt. Sie
haben die Kraft gefunden, das Ungeheuerliche zu tragen.
Wir haben alle großen Respekt davor und hoffen von
Herzen, dass wir Ihnen eines Tages unsere Bewunderung
und Dankbarkeit zeigen dürfen. Erlauben Sie uns, Ihnen
zu helfen, wann immer wir können.« Dr. Schultheiß hob
sein Glas. Jakobi fühlte sich überrumpelt. Er war immer
hilflos, wenn jemand unverhofft Lucien erwähnte. Auch
Clairette schien gerührt. Ihre Augen glänzten. Sie nickte

schnell, als wollte sie sagen, es sei genug, er solle aufhören. Sie trank ihr Glas in einem Zug leer. Vermutlich hatte sie auch dieses Würgen im Hals verspürt und hinuntergespült.

Jakobi musterte Schultheiß feindselig. Er war richtig wütend auf ihn. Schultheiß hatte kein Recht, in Luciens Grab zu wühlen. Niemand hatte das Recht dazu. Jakobi suchte erneut Clairettes Augen. Sie hatten wieder diese Faszination, die sie vor Luciens Geburt auf ihn ausgeübt hatten. Es störte ihn nicht, dass Gina seine Gefühle wahrnahm. Er sah Gina nicht mal an, als sie ihm Champagner nachschenkte. Seine ganze Aufmerksamkeit galt Clairette.

»Danke, Herr Dr. Schultheiß«, sagte Clairette leise, dann schaute sie endlich zu Jakobi hinüber. Sie wollte etwas, schien zu überlegen, sie musterte Gina, wechselte den Blick wieder zu Jakobi. Sie hob erneut ihr Glas.

»Ich möchte mich bei dieser Gelegenheit auch bei meinem Mann bedanken, dafür, dass er mich in den letzten vier Jahren so vorzüglich ... *vertreten* hat.«

Kühl ließ Dr. Schultheiß Jakobis Blick an sich abprallen. Jakobi war enttäuscht. Beschämt senkte er den Kopf und starrte in sein Glas.

Jakobi schob den einfachen Holztisch in Kops Büro. Er wusste, dass es ihm hier nie gefallen würde.

»Sei doch froh, dass du dein Büro nicht mit deiner Frau teilen musst.«

Kop setzte sich hinter seinen Schreibtisch. Jakobi rückte den neuen Tisch näher an den von Kop heran, bis sie bündig waren. Er setzte sich auf den wackligen Bürostuhl, den er im Archivzimmer aufgestöbert hatte. Er rutschte ein bisschen herum, bis er eine angenehme Sitzstellung gefunden hatte. Kop grinste.

»Nimm's nicht allzu schwer, schließlich hab ich jetzt auch kein eigenes Büro mehr.«

Kop grinste. Natürlich konnte sich Jakobi vorstellen, die nächsten Jahre in Kops Büro zu verbringen. Aber manchmal würde er es schon vermissen, das Zimmer mit dem Mahagonipult, in dem man unbeobachtet irgendwelchen Gedanken nachspinnen konnte.

Kop stopfte sich schmunzelnd eine Pfeife, so als wolle er Jakobi darauf vorbereiten, dass in diesem Zimmer geraucht wurde.

»Stört es dich?« fragte er scheinheilig.

»Vielleicht fang ich auch noch damit an.«

»Würd ich dir nicht empfehlen.«

Kop lehnte sich gemütlich in seinen Stuhl zurück und blies den Rauch über den Tisch zu Jakobi hinüber.

»Ich versuch seit Jahren damit aufzuhören. Es ist wirklich ein Laster. Es hat mich bereits eine Ehe und ein Dutzend Abmagerungskuren gekostet. Aber wenn du willst, kannst du gern mal probieren.«

Kop zog lässig die Schublade auf und schob Jakobi eine schwarze Vauen-Pfeife über den Tisch. Jakobi winkte ab. Er hatte das Gefühl, dass Kop mit ihm spielte, dass er ein Geheimnis hatte, irgendeine Gewissheit, die ihn amüsierte.

»Hast du die Yacht gekauft?« fragte ihn Jakobi lauernd. Kop verzog die Lippen zu einem spitzen Schmollmund.

»Noch nicht. Aber bald. Ich hab da eine größere Sache laufen ...« Kop grinste übers ganze Gesicht.

»Was springt dabei raus? Hundertfünfzig?«

Kop überlegte. Er versuchte beim Ausblasen des Rauchs kleine Muster in die Luft zu ringeln.

»Vielleicht. Ich rechne mit weniger. Aber es kann schon sein, dass es hundertfünfzig werden.«

13

Jakobi hatte einen Mordshunger. Er stand in der Küche und überlegte, wonach er Lust hatte. Schwarzbrot, Gruyère, Knoblauch und eine Flasche Weißwein. Er öffnete den Kühlschrank. Er war leer. Jakobi entschied sich für zwei Konservendosen: Rösti und Thon. Er öffnete den Vorratsschrank über dem Dampfabzug. Er war leer. Acht Uhr abends. Aus dem Kinderzimmer hörte Jakobi den unrhythmischen Anschlag einer elektrischen Schreibmaschine. Er beschloss, Clairette zum Essen einzuladen. Vielleicht würde er mit ihr reden. Er nahm sich kein besonderes Thema vor, aber wenn es der Verlauf so wollte, würde er bestimmt nicht kneifen und offen über Lucas sprechen.

Jakobi öffnete die Tür des Kinderzimmers. Vor dem Fenster stand ein moderner Schreibtisch, ein originell geschwungenes Chromstahlgerüst mit einer nierenförmigen Plexiglasplatte. Zur Linken war ein weißes Regal montiert. Darauf war ziemlich viel Büromaterial gestapelt.

»Warum haben wir nichts zu essen?«

Clairette zuckte zusammen. Jakobi störte sie. Sie tippte gerade einen Text in den Computer. Jakobi stieg vorsichtig über die zahlreichen Schachteln und Regalbretter, die am Boden lagen. Er wollte Clairette fragen, ob das hier jetzt ihr Büro sei. Eigentlich wusste er es schon. Er empfand Clairettes plötzliche Initiative als Bedrohung, diese klammheimliche Rückkehr ins Büro und diese neuen Anschaffungen; das war bestimmt nur der Anfang, sinnierte Jakobi. Er fühlte sich überrumpelt, er wusste nicht, ob er noch würde mithalten können. Die letzten Jahre waren verdammt gemütlich gewesen - was die Arbeit betraf. Clairette genoss Jakobis Irritation.

»Dr. Schultheiß wollte mich unbedingt zum Nachtessen einladen. Ich konnte einfach nicht nein sagen. Es war richtig rührend, wie sich alle über meine Rückkehr gefreut haben. Fast alle.«

Clairette tippte weiter. Mit verstohlenem Blick musterte Jakobi das Regal an der Wand. Zwei perforierte Metallschienen, senkrecht montiert, zwei eingerasterte Halterungen und darauf weisse Regale.

»Ich hätt dir das schon montiert«, sagte Jakobi. Clairette tippte weiter.

»Mir gefällt es so.«

»Ich wollte damit nicht sagen, dass es schlecht montiert ist, auf keinen Fall, nur ... ich hätt's gerne für dich getan.«

Clairette tippte weiter, ohne sich nach Jakobi umzusehen: »Ist noch was?«

»Ich brauche mehr Geld.«

»Verdienst du zu wenig?«

Clairette hielt kurz inne und drehte sich nach ihm. Jakobi sah den Spott in ihren Augen, spürte die ganze Verachtung. Es fiel ihm schwer, weiterzusprechen. Er tat es dennoch. Schließlich ging es um Lucas.

»Ich brauche anderthalb Millionen. Es geht um eine größere Sache.«

Clairette erhob sich von ihrem Stuhl und zeigte Jakobi den Rücken eines Ordners, den sie neu beschriftet hatte: »Rechnungen/Bank, privat«.

»Ich kümmere mich ab sofort um unsere privaten finanziellen Angelegenheiten.«

Sie zeigte auf einen weißen Plastikkorb auf dem untersten Regal.

»Hier kommen die eingehenden Rechnungen rein.«

Wo einst Luciens Kinderposter gehangen hatten, war jetzt eine Magnettafel montiert. Ihre leidenschaftliche, aufopfernde Fürsorge galt nicht mehr Lucien, sondern dem Geld. In diesem Raum wurde kein Kind mehr gepflegt, sondern Finanzen. Sie hatte es immer verstanden, ihre Territorien abzugrenzen. Das Auswechseln von Gummidichtungen würde sie jetzt ihm überlassen. Jakobi wusste, dass er keine Chance hatte, Clairette etwas wegzunehmen.

»Ich brauche anderthalb Millionen, Clairette.«

Clairette tippte weiter: »Was willst du damit kaufen? Gold? Weil die Aktien fallen? Was meinst du, womit die Leute nach dem Crash ihre Rechnungen begleichen? Wenn die Unze bei fünfundvierzig Dollar liegt, können wir darüber reden. Vorläufig gilt: Nichts ist barer als bar.«

»Es geht um eine größere Sache«, sagte Jakobi kleinlaut.

»Kein Gold? Erzähl doch. Wenn es interessant ist, werde ich mich daran beteiligen.«

Jakobi schwieg. Es ging um sein Leben. Sollte er ihr von Lucas erzählen? Er zweifelte daran, dass sein Leben für Clairette noch interessant war. Andererseits konnte er sich durchaus vorstellen, dass sie ihm helfen würde. Aber erst, wenn er ganz unten war. Champagner gab's erst wieder, wenn er die Gosse leergesoffen hatte.

»Du brauchst also dringend Geld für irgendein Projekt. Ist Kop daran beteiligt?«

»Wenn ich das nur wüsste«, murmelte Jakobi besorgt.

Im Keller holte sich Jakobi einen 82er St.-Emilion. Clairette hatte recht gehabt. Er würde ganz alleine versaufen. Er war nicht zum *workaholic* geschaffen. Bloß zum Alkoholiker.

Gegen vier Uhr morgens wachte Jakobi in seinem Zimmer auf. Er hatte von der Firma geträumt. Vom Messingschild an der Eingangstür. Es war durch ein anderes ersetzt worden. Fünf Buchstaben waren eingraviert: LU-CAS.

Jakobi kniete vor dem antiken Sekretär, der am Couchende stand, nieder und öffnete die unteren Schubladen. Er nahm die Münzsammlung heraus, die sein Schwiegervater seinerzeit für Clairette angelegt hatte, als sie noch klein war. Er setzte sich damit an den Schreibtisch und blätterte langsam die schweren Münztaschen durch. In jeder steckten vier bis sechs Goldmünzen. In einem anderen Album waren alte Schweizer Silbermünzen aufbewahrt, Fünffrankenstücke von 1850 an aufwärts. Jakobi suchte im Bücherregal einen Numismatikkatalog heraus. Er war schon fünf Jahre alt. Für eine grobe Schätzung würde es schon reichen. Jakobi nahm den kleinen Taschenrechner zur Hand. Er begann den Wert der Münzen einzutippen, die im Katalog eingetragen waren. Es war eine ziemlich stupide Arbeit, die einem beim Anblick der zahlreichen Münztaschen im Voraus hätte verleiden können. Aber die unzähligen Münzen waren Jakobis letzte Hoffnung.

Gegen Morgen zeigte die Plasmaanzeige einen Betrag von achtundsechzigtausendvierhundert an. Selbst bei einer Wertsteigerung von zehn Prozent in den letzten fünf Jahren würde der Erlös nicht ausreichen, um Lucas zufrieden zu stellen. Und bestimmt bezahlten Händler keine Katalogpreise. Sie würden ihm einen Pauschalbetrag anbieten. Keine fünfzigtausend vermutlich. Jakobi schaute sich im Zimmer um. Er suchte nach irgendwelchen Gegenständen, die man teuer versetzen oder verkaufen konnte. Aber es gab keine Wertgegenstände, deren Verschwinden Clairette nicht sofort bemerkt hätte. Jakobi packte die Alben in zwei Taschen und trug sie in die Garage hinunter. Er legte sie in den Kofferraum und bedeckte sie mit einer ölverschmierten Decke.

Kop saß bereits hinter seinem Schreibtisch, als Jakobi im Büro eintraf. Seit Clairette wieder in der Firma war, war Kops Arbeitseifer erloschen. Jedes Telefongespräch zwischen acht und neun war ihm lästig. Er trank Kaffee, las Zeitungen und blätterte im Katalog des Versandhauses Neptun.

Jakobi setzte sich an seinen Computer und stützte mit einer schwerfälligen Geste die Arme auf. Er hatte auch keine Lust mehr, irgendeine Arbeit anzupacken. Er war müde. Neben dem Tischbein standen die beiden Taschen mit den Münzalben. Er wartete auf einen Anruf von Lucas.

Kop schmiss die Zeitung in den Papierkorb und wandte sich der übrigen Post zu.

»Ich nehme jetzt bald Urlaub. Halbes Jahr oder so.« Fast beiläufig sonderte Kop eine Karte aus dem Stapel aus und warf sie zu Jakobi hinüber.

Die Karte zeigte den heiligen Sankt Georg ... Auf die Rückseite waren bloß ein paar Zahlen geschrieben, eine Eins, eine Fünf und vier Nullen. Und der Name Lucas.

Jakobi schaute hoch. Kop hatte ihn die ganze Zeit beobachtet. Kop grinste. Er hielt eine Walther-9mm in der Hand. Sie war auf Jakobi gerichtet.

»Du?«

Jakobi war nicht erschüttert. Er war erleichtert. Mit Kop ließ sich bestimmt reden. Jakobi griff unter den Tisch und zog die beiden Taschen hoch. Er legte die Münzalben auf den Tisch und schob sie zu Kop hinüber.

»Die Münzen haben einen Katalogwert von rund siebzigtausend. Mehr hab ich nicht.«

Kop lachte laut heraus.

»Du solltest dein Gesicht sehen, Marcel.«

Kop schob die Alben wieder über den Tisch, ohne sie angesehen zu haben.

»Das ist ja rührend, Marcel, aber ich kann doch mit diesem Plunder keine Yacht kaufen. Und schon gar keine Princess 38. Ich brauche Bargeld, verstehst du?«

Kop warf ihm seine Walther-9mm über den Tisch. Etwas ungeschickt fing sie Jakobi auf.

»Wie findest du sie? Ich hab sie gestern gekauft. Ich hab mir gedacht, wenn wir zwei über die Weltmeere segeln, müssen wir uns irgendwie schützen. Wir werden schließlich in Buchten anlegen, die noch nie ein menschliches Auge gesehen hat«, lachte Kop und fuhr gleich weiter: »Wollen wir heute Abend in einen Schützenclub. Es gibt einen in Allschwil. Immer Bowling und saufen ist doch langweilig.«

Kop nahm Jakobi die Pistole wieder aus der Hand. Er zielte auf das Fenster und drückte ab. Jakobi zuckte zusammen.

»Sei doch nicht so ängstlich. Das Ding ist nicht geladen. Also, sagen wir um acht, ich hol dich ab, o.k.?«

Jakobi musterte Kop. Soeben hatte er ihn noch für Lucas gehalten, Kop, seinen besten Freund, seinen einzigen Freund. Er schämte sich dafür.

»Du machst heute ein Gesicht, Marcel, wie Clairette. Offenbar ist das bei euch ansteckend.«

Jakobi nickte mit dem Kopf und schaute Kop in die Augen. Am liebsten hätte er seine Karten auf den Tisch gelegt und offen über Lucas und seinen Verdacht gesprochen. Aber wenn Kop nicht Lucas war, dann würde ihm seine Offenheit nur zum Verhängnis. Kop würde sich einmischen, nicht nur weil er sein Freund war, sondern vor allem deshalb, weil er im Leben gerne Regie führte und sich in der Rolle des *troubleshooter* am besten gefiel.

»Hast du immer noch finanzielle Probleme?« fragte Jakobi misstrauisch.

Kop klopfte Jakobi auf die Schulter. Jakobi kippte nach vorn. Die Tischplatte fing ihn auf.

»Du wirst langsam schwermütig, mein Freund. Kannst du nicht mal für fünf Minuten an etwas Fröhliches denken?«

»An dich?«

»Wieso nicht?« lachte Kop. »Ich verkupple Clairette mit dem alten Schultheiß, und wir machen unsere Weltreise.«

»Mit deiner neuen Yacht«, murmelte Jakobi beiläufig. Kop nickte schmunzelnd. Jakobi reagierte gereizt: »Hast du sie jetzt gekauft oder nicht?«

Jakobi wollte es wissen. Kop nervte ihn allmählich.

»Noch nicht«, entgegnete Kop vielsagend.

»Aber du hast das Geld beisammen«, insistierte Jakobi.

»Bald«, grinste Kop. »Wieso? Darf ich dir was leihen?«

»Hundertfünfzigtausend«, entgegnete Jakobi. Er hatte es nicht aussprechen wollen, aber es war ihm einfach so rausgerutscht.

Kop rümpfte die Nase und beobachtete Jakobis Gesichtszüge, die unentwegt in Bewegung waren. Offenbar wusste er nicht, ob Jakobi scherzte oder nicht. Er verstand die Andeutung nicht, er suchte die Pointe. Jakobi lächelte breit. Er wollte die Sache beenden. Er hatte Schritte im Flur gehört.

Clairette betrat das Zimmer. Kop spielte immer noch mit seiner Pistole. Jakobi steckte die Lucas-Karte weg.

»Stör ich?« fragte Clairette. Ihre Stimme klang ironisch.

»Wir planen den Feierabend«, entgegnete Kop kampflustig, »wir machen heute Abend ein paar Schießübungen. Wenn wir Talent haben, melden wir uns für die nächste Weltmeisterschaft an.«

Clairette legte ein Dossier auf Jakobis Tisch.

»Falls ihr vor Feierabend noch ein bisschen Zeit habt, kümmert euch bitte um Herrn Sengstag. Er führt ein Malergeschäft. Wir sollen für ihn abklären, ob eine AG-Gründung sinnvoll macht.«

»Für uns bestimmt«, flachste Kop.

Er nahm das Dossier in die Hand und überflog die einzelnen Blätter flüchtig.

»Der verdient ja mehr als ich«, entrüstete sich Kop und schielte schalkhaft zu Clairette hinüber.

»Vielleicht arbeitet er auch mehr«, gab Clairette trocken zurück.

Jakobi verließ das Zimmer. Er wollte die Gelegenheit benützen, um mit Gina zu sprechen. Clairettes forsches Auftreten hatte ihm jegliches Selbstbewusstsein geraubt. Sie ließ ihn ihre Macht spüren, wie damals der alte Leutwyler. Er kam einfach nicht mehr an sie heran.

Gina war eben dabei, eins von Clairettes zahlreichen Diktaten zu tippen. Seit Clairette zurück war, wurden alle Angestellten der Leutwyler AG mit zusätzlichen Aufgaben eingedeckt. Vielleicht hatte sich Clairette in den Kopf gesetzt, den Umsatz zu steigern, um allen zu zeigen, wie schlecht die bisherige Leistung gewesen ist. Der neue Wind war überall spürbar.

Gina saß verkrampft hinter ihrem Computer. Als Jakobi ihr einen Kuss gab, sah sie erschreckt hoch.

»Hat Herr Lucas angerufen?« flüsterte Jakobi.

Gina suchte mit dem Mund Jakobis Lippen. Sie zog ihn blitzschnell an seiner Krawatte zu sich hinunter.

»Mister Bryan hat angerufen.«

»Reservieren Sie ihm Zimmer 307. Auf halb zwölf.« Eine wohlige Wärme durchflutete Jakobis Körper. Auch Gina schien glücklich. Sie griff gleich zum Telefon und bestellte für Mr. Bryan das Zimmer. Und einen Pol Roger auf elf Uhr.

Jakobi wollte ihr alles erzählen, diese merkwürdige Geschichte mit Lucas und die Reise nach Genf. Zu Gina hatte er Vertrauen. Sie war ihm vertraut, sie war berechenbar. Sie konnte sich nicht wie Clairette über Nacht verwandeln, vom Aschenbrödel zur Königin, von der

Putzfrau zur Firmenchefin. Jakobi begehrte Clairette immer noch. Aber in ihrer Gegenwart fühlte er sich so unbedeutend. Jetzt hatte sie ihm noch den Mahagonitisch weggenommen.

Clairette trat auf den Flur heraus.

»Gina, kommen Sie in mein Büro. Ich brauche Sie.«

Clairette schritt energisch den Flur zu ihrem Büro entlang. Im Vorbeigehen schenkte sie Jakobi ein Lächeln, ein richtig nettes Lächeln, wie es nur Vorgesetzte für ihre Untergebenen übrig haben.

14

»Guten Tag, Mister Bryan.«

Der Portier hinter dem Tresen des Hotels Euler verbeugte sich knapp. Er lächelte, als freue er sich über Jakobis Besuch. Vermutlich wusste er längst, welcher Art jene kurzen Mittagsbesprechungen waren, die Jakobi seit zweieinhalb Jahren hier abhielt. Er war absolut diskret. Vielleicht schätzte er es, so viele Geheimnisse zu kennen und dennoch schweigen zu können.

Jakobi betrat das gewohnte Zimmer 307. Gina war bereits unter der Dusche. Vor dem Fenster stand der kleine Servierboy. Der Hals der Champagnerflasche ragte aus dem silbernen Kühler. Jakobi riss sich die Kleider vom Leib. Eigentlich hatte er gleich über Lucas sprechen wollen. Aber die Lust nach Ginas Körper war größer. Er sehnte sich nach ihren warmen Lippen, nach ihrer feuchten Scham. Kaum hatte er seinen Slip ausgezogen, ging er ins Badezimmer. Der Spiegel war stark beschlagen vom heißen Dampf.

»Gina, Mister Bryan ist da.«

Jakobi massierte mit der einen Hand seinen Penis und

zog mit der anderen Hand den Vorhang beiseite. Heißes Wasser spritzte ihm entgegen. Er stiess einen kurzen Schrei aus, wich instinktiv zurück und schützte mit den Händen sein Geschlecht. Als er das Klosett in den Knie-kehlen spürte, sackte er in die Knie und glitt auf dem nassen Boden aus. Das heiße Wasser verbrühte ihm die Beine. Jakobi rappelte sich hoch und wich zurück. Der Duschkopf hing in der Aufhängung, etwa zwei Meter über dem Boden. Jemand hatte ihn so gedreht, dass man beim Zurückziehen des Vorhangs gleich vom heißen Wasser getroffen wurde. Jakobi bestieg von der anderen Seite die Dusche und drehte das heiße Wasser ab. Im Zimmer drüben klingelte das Telefon. Jakobi ging ins Schlafzimmer zurück und nahm den Hörer ab.

»Bryan?«

»Hallo, Mr. Bryan. Tut mir leid. Ihre Nutte kann heute nicht. Vielleicht schaffen Sie's auch alleine.«

»Lucas?«

Es war eine eher schwache, aber melodiöse Stimme. Wenn man nicht genau hinhörte, vernahm man bloß einen Singsang in hoher Tonlage. Es klang wie die helle Stimme eines krächzenden alten Mannes. Oder wie die Stimme eines Menschen, der sich gekonnt verstellen konnte.

»Ich bin Lucas, Mr. Bryan. Ich erwarte Sie heute Nachmittag pünktlich um 17 Uhr in der alten Kiesgrube bei Hegenheim. Ich werde im Schuppen hinter dem gelben Bagger auf Sie warten. Kommen Sie alleine. Ich will keine Zeugen.«

»Ist das alles?«

»Vergessen Sie das Geld nicht. Hundertfünfzigtausend. Über die Verzinsung werden wir uns später unterhalten.«

»Ich hab keine hundertfünfzig, ehrlich.«

Lucas schwieg. Jakobi wurde ungeduldig. Lucas musste endlich verstehen, dass er kein Geld hatte.

»Ich hab bloß so 'ne Münzsammlung. Die ist mindestens siebzigtausend Franken wert.«

»Schade, dann werden Sie den morgigen Tag nicht mehr erleben, Mister Bryan. Jammerschade. Die Nachrichten haben soeben gemeldet, dass morgen die Sonne scheint. Die Novembersonne ist die schönste von allen. Ich werde sie nicht verschonen, Bryan, glauben Sie mir, ich werde Sie einfach töten.«

»Ich beschaff das Geld«, schrie Jakobi ins Telefon, »sind wir dann quitt?«

Jakobi horchte.

»Sind wir dann quitt?« brüllte Jakobi so laut er konnte.

Jakobi zog sich an und verließ fluchtartig das Hotel Euler. Er fuhr direkt zum Hauptsitz der Schweizerischen Kreditanstalt. Er ging zum erstbesten freien Schalter und schob Kontokarte und Ausweis unter das Sicherheitsglas.

»Hundertfünfzigtausend in großen Scheinen bitte.« Jakobis Körper vibrierte, als stünde er unter Strom. Immer wieder schaute er um sich. Möglicherweise stand Lukas in der Schalterhalle und beobachtete ihn. Jakobi war gerade dabei, das gemeinsame Konto von Clairette und ihm um hundertfünfzigtausend Franken zu erleichtern. Er wusste, dass Clairette ihm eine Szene machen würde, eine richtige Szene. Mag sein, dass ihre schüttere Ehe dabei gänzlich in die Brüche ging. Jakobi war es einerlei. Er musste seine Haut retten. Was nachher kam, war unwichtig.

»Das Konto wurde letzte Woche von Frau Dr. Clairette Jakobi-Leutwyler aufgehoben. Sie hat bei uns ein neues Konto eröffnet. Sind Sie für das neue Konto bevollmächtigt?«

Jakobi hielt sich am Schalter fest. Der Schalterbeamte zerschnitt Jakobis Kontokarte mit einer Schere und gab Jakobi den Ausweis zurück. Er fügte ein Formular bei.

»Sie können das Formular zu Hause ausfüllen. Sobald Ihre Frau unterschrieben hat, sind Sie für das neuen Konto bezugsberechtigt. Sie erhalten dann Ihre neue Karte innert zehn Tagen.«

Jakobi rang sich zu einem freundlichen Lächeln durch. Irritiert schritt er zum Ausgang. Fast taumelnd bewegte er sich durch die Schalterhalle. Das Unterschriftenformular schmiss es in den Papierkorb neben dem Ausgang.

15

Nachdenklich wog Jakobi die Waffe in der Hand. Der Match-Schaft war mit Fischhaut überzogen und lag angenehm in der Hand. Auch die Daumenauflage passte hervorragend. Jakobi verstellte die Kimmenplatte und regulierte das Mikrometer-Visier. Er schätzte, dass er Lucas in einer Entfernung von zirka zehn Metern entgegentreten würde. Mit dem Daumen drückte er die Auswurftaste. Das Magazin schnellte aus dem Griff. Jakobi riss eine braune Schachtel auf und nahm die Patronen heraus. Er drückte eine nach der andern in das Magazin. Zwölf Schuss. Die Waffe hatte Leutwyler gehört. Irgendjemand hatte sie ihm mal geschenkt. Jakobi war sicher, dass Leutwyler für dieses Modell keinen Waffenschein besaß. Nachher würde er sie gleich vernichten. Überhaupt würde er nach dem Treffen mit Lucas alles vernichten, was er während der Tat getragen oder benutzt hatte.

Jakobi nahm einen großen schwarzen Plastiksack und riss das obere Ende auseinander. Er warf die leere Patronenpackung hinein. Auch Clairette würde niemals bemerken, dass die Waffe fehlte. Clairette war nie im Keller gewesen. Sie hasste den Keller. Wieso, wusste Jakobi nicht. Hier unten war alles noch so, wie es vor dreißig Jahren gewesen war. Alte Küchenschränke standen eng nebeneinander, in jeder Schublade, in jedem Regal, türmten sich Schrauben und Nägel, vertrocknete Leimtuben, altmodische Zangen und Schraubenzieher. An der Decke hing ein altes Fischernetz. Jakobi nahm den schwarzen Plastiksack und stieg die acht Stufen zur Garage hinauf. Entschlossen setzte er sich ans Steuer des schwarzen Rovers und fuhr los. Er war überzeugt, heute Abend gegen sieben wieder in dieses Haus zurückzukommen und endlich Frieden zu haben.

Bei der Autovermietung Stössler mietete Jakobi einen weißen BMW für einen Tag. Auf den Namen Bryan. Als Adresse gab er Zimmer 307 im Hotel Euler an. Dort hatte er angeblich seinen Ausweis liegen gelassen. Jakobi sagte der Dame, sie solle ruhig anrufen. Man kenne ihn dort im Euler. Jakobi war sehr überzeugend, er war sich dessen bewusst. Er glaubte auch nicht, dass sich die Dame beim Euler erkundigen würde. Und wenn sie es trotzdem tat, kannte man ihn dort tatsächlich.

Er fuhr mit dem weißen BMW zwei Straßen weiter. Dort hatte er seinen Rover parkiert. Er nahm den schwarzen Plastiksack vom Hintersitz und warf ihn auf den Nebensitz des Mietautos.

Im Schuhhaus Deiss kaufte er sich drei Paar dicke Wandersocken und ein paar Schuhe, die ohne Socken mindestens zwei Nummern zu groß gewesen wären. Größe fünfundvierzig. Er wollte keine falschen Spuren legen, die so offensichtlich waren, dass jeder Kriminalbeamte schmunzeln würde. Aber die Abdrücke sollten eine erste Personenbeschreibung verfälschen.

»Wollen Sie die Schuhe nicht anprobieren?«

Eine junge Verkäuferin lächelte ihn an, sie wollte ihm helfen. Aber das Treffen mit Lucas konnte ihm keiner abnehmen.

»Nein, danke«, erwiderte Jakobi knapp.

Die Verkäuferin verschwand hinter einem Seitenvorhang, sie holte den linken Schuh. Den rechten hielt Jakobi bereits in der Hand. Das Mädchen war vielleicht siebzehn. Sie erinnerte ihn an die Blumenfrau. So mag sie ausgesehen haben mit siebzehn, dachte Jakobi. Aber ihre Augen erzählten keine Geschichten wie die der Blumenfrau. Die Augen der Verkäuferin waren noch unschuldig und fröhlich wie an einem Kindergeburtstag. Sie bargen keine Geheimnisse. Noch hatten sie nichts gesehen von dieser Welt.

Die Wanduhr schlug viermal. Triumphierend hob Clairette den Kopf. Sie saß hinter dem Mahagonitisch und diktierte Gina einen Brief nach dem andern. Seit elf Uhr schon. Die arme Gina hatte sogar auf ihr Mittagessen verzichten müssen, auf Zimmer 307. Um elf Uhr dreißig hatte Clairette in Schultheiß' Büro telefoniert. Gina hätte auch gerne telefoniert. Clairette hatte sie jedoch daran gehindert.

»Wenn Sie unbedingt telefonieren müssen, können Sie das jetzt tun. Trinken Sie ruhig zuerst einen Kaffee, oder holen Sie sich in der Bäckerei etwas zu essen, wir sind ja hier nicht auf einer Galeere.«

Clairette lächelte versöhnlich. Gina hatte weder Hunger noch Lust, irgendwen anzurufen. Jakobi war bestimmt nicht mehr im Hotel Euler. Es beunruhigte sie, dass Jakobi am Nachmittag nicht mehr zur Arbeit erschienen war. Sie setzte sich im Empfangsraum hinter ihren Tisch und begann das Diktat von Dr. Schultheiss niederzuschreiben. Clairette schaute ihr kurz über die Schulter und wechselte dann in Kops Büro.

Kop war immer noch damit beschäftigt, die Vor- und Nachteile einer AG-Gründung für die Malerfirma Sengstag abzuklären. Clairettes Erscheinen störte ihn. Wenn er an der Arbeit war, wollte er nicht unterbrochen werden. Als Clairette vor ihm stehen blieb, verging ihm jegliche Lust.

»Frau Dr. Jakobi?«

»Wollen Sie für heute freimachen, Herr Kop?«

Kop war überrascht. Er musterte Clairette neugierig. Sie trug ein hochgeschlossenes, bordeauxrotes Kleid aus feinster Baumwolle. Lächelnd setzte sie sich auf Jakobis Tisch. Sie lehnte den Oberkörper etwas zurück und kreuzte die Beine. Sie hatte wunderschöne Beine. Kop hatte es noch nie bemerkt.

»Sie wollten doch ein paar Schießübungen machen mit Ihrer neuen Pistole.«

Kop versuchte, mit den Augen zu flirten.

»Ich wär gerne mit Ihrem Mann in die alte Kiesgrube. Aber ich habe keine Ahnung, wo er steckt. Alleine habe ich keine Lust.«

»Gehen Sie trotzdem hin. Sie werden bestimmt nicht alleine sein.«

»Sie meinen, Sie ...«

Kop wagte nicht, den Gedanken auszusprechen. Elegant setzte sich Clairette von der Tischplatte ab. Kop warf erneut einen Blick auf ihre Taille, so wie er es bei allen Frauen tat. Er suchte ihre Brüste unter dem dünnen Stoff. Er war neugierig auf ihren Körper. Und dann schaute er Clairette in die Augen. Er hatte sich nicht getäuscht. Clairettes Zungenspitze tänzelte kokett zwischen ihren Lippen. Das tat Clairette immer, wenn sie nachdachte.

»Sagen wir um Viertel vor fünf in der alten Kiesgrube?« Kop war sprachlos. Er nickte bloß. Er konnte es einfach nicht fassen. Kops Verblüffung amüsierte Clairette.

»Warten Sie bitte im Schuppen hinter dem gelben Bagger, bis ...« Clairette lächelte verlegen, sie war jetzt noch schöner.

Kop nickte eifrig, er hatte schon verstanden. Die Vorstellung erregte ihn. Clairette verließ das Zimmer. Kop schaute ihr nach, er hatte sie noch nie als Frau gesehen. Für Kop war sie immer das muffige Weib gewesen, das mit Zahlen jongliert und Männer unglücklich macht, die steinerne Diva, an der man sich die Zähne ausbiss. Kop sprang von seinem Sessel hoch und griff nach seinem Parfum. Vergnügt tänzelte er durchs Zimmer, während er sich großzügig mit dem sinnlichen Duft des Designers Gianfranco Ferre einnebelte. Am liebsten hätte er das Flakon gleich leergetrunken.

Die Kirchenglocken der Antoniuskirche schlugen dreimal. Es war genau Viertel vor fünf, als Jakobi seinen weißen BMW auf dem leeren Parkplatz des geschlossenen Schwimmbades »Gartenbad« abstellte. Zu Fuß ging er die Schrebergärten entlang bis zur alten Kiesgrube. Davor lag ein kleiner Schrottplatz. Ein Maschendraht trennte den Autofriedhof von der Kiesgrube. An einer Stelle war die Abschrankung eingerissen, Jakobi blieb davor stehen. Er suchte Schutz hinter einem alten Citroen. Von hier aus konnte er den gelben Bagger sehen, der vor dem Schuppen der Kiesgrube stand. In der Ferne nahte ein Wagen. Jakobi kniete hinter dem abgewrackten Citroen nieder, ein blauer Buick fuhr die ungeteerte Straße entlang. Kop. Er fuhr ungewöhnlich langsam, vermutlich hielt er nach Jakobi Ausschau. Ich hab's ja immer gewusst, entfuhr es Jakobi, Kop war Lucas. Er war pünktlich, das konnte nur Lucas sein. Lucas war der einzige, der den Termin auf dem Kiesplatz kannte. Und einmal mehr erinnerte sich Jakobi, dass Kop die Grauwiler-Akten im Archiv entwendet hatte. Er hatte es wohl zugegeben oder vielmehr von sich aus mitgeteilt, aber das war Bestandteil von Kops Lucas-Strategie gewesen. Er hatte Jakobi zermürben wollen, bis dieser entkräftet aufgab und zahlte. Jakobi war erschüttert. Er hätte noch so gerne hundertfünfzigtausend in den Sand gesetzt, um seinen Freund Kop zu behalten. Wieso musste ausgerechnet Kop Lucas sein? Wieso hatte er heute früh die Münzen nicht akzeptiert? Kop musste verrückt sein. Wenn er unbedingt diese Yacht haben wollte, Jakobi würde seinen Rover verkaufen.

Der Buick fuhr langsam auf den Kiesplatz. Jakobi entsicherte seine Waffe und stellte das Mikrometer-Visier auf eine Distanz von fünfzehn Metern ein. Er hatte zwölf Schüsse. Hundertfünfzigtausend Franken für einen Freund. Jakobi verstand nicht. Was wollte denn Kop alleine auf seiner Yacht? Ohne Jakobi, ohne Freunde. Die paar Mädchen, die er ab und zu aufgriff, würden ihn nicht ersetzen. Kop war nicht mal vernarrt in sie. Ein bisschen Sex an Bord, das war alles. Keine Leidenschaft, keine Liebe.

Kop stieg aus seinem Wagen. Die Wagentür ließ er offen. Er wirkte sehr selbstsicher, beinahe unheimlich. Jakobi konnte nicht verstehen, wieso Kop keine Angst hatte, er musste verrückt sein. Langsam richtete sich Jakobi hinter dem Citroen auf. Kop zog seine Walther-9mm aus der Tasche. Jetzt hatte er sie entsichert. Jakobi überlegte fieberhaft, ob er es nochmals mit Kop versuchen sollte. Kop wusste doch, dass er kein Geld hatte. Was hatte sich denn Kop dabei gedacht, als er sich als Lucas ausgab und ihm mit dem Tod drohte? Jakobi konnte es einfach nicht verstehen. Glaubte Kop etwa, er würde für ihn eine Bank überfallen? Jakobi fühlte sich miserabel, er war so traurig. Er wollte zu Kop rübergehen und ihm in die Augen schauen.

In diesem Augenblick betrat Kop den Schuppen, genau wie Lucas es vorausgesagt hatte. Kop war definitiv Lucas. Daran bestand kein Zweifel mehr. Jetzt schien das ganze Puzzle aufzugehen. Jedes Detail schien plötzlich Sinn zu machen. Jakobi erinnerte sich an die Szene von heute früh im Büro. Die Lucas-Karte, die Kop scheinbar achtlos über den Tisch geschoben hatte. Und die Dusche im Hotel Euler, das war Kops Handschrift, ganz klar. Jakobi fühlte sich erniedrigt und verraten.

Wütend sprang Jakobi aus seiner Deckung hervor und lief über den Kiesplatz. Er wollte Kop zur Rede stellen, ihn verprügeln.

Hinter dem gelben Bagger blieb er abrupt stehen. Plötzlich erinnerte sich Jakobi an den vierten Kranz auf Luciens Grab. Lucas' Kranz. Kop hatte es gewagt, der Gedanke trieb ihn in Rage.

»Lucas«, brüllte Jakobi so laut er konnte. Er suchte Schutz hinter dem Vorderrad des gelben Baggers. Mit beiden Händen hob er die Pistole hoch. Die Schuppentür wurde aufgestoßen, Kop trat heraus. Jakobi drückte das eine Auge zu und starrte mit dem anderen über die Kimmenplatte der Pistole. Blitzschnell zog Jakobi den angewinkelten Zeigefinger zurück. Das Geschoss verlor sich in der hölzernen Schuppenwand. Kop lachte laut auf. Neugierig schaute er um sich, das Spiel gefiel ihm. Mit der Zunge benässte er seine Lippen. Die Novembersonne hatte sie ausgetrocknet. Das zweite Geschoss zerfetzte ihm das Gesicht. Kop wurde nach hinten geschleudert, seine Pistole wirbelte durch die Luft. Stille. Regungslos lag Kop vor dem Schuppen, die Arme weit auseinandergerissen. Die Nase hing an einem Stück Haut über dem linken Auge. Hinter dem abgesplitterten Nasenbein klaffte ein großes, schwarzumrandetes Loch.

Es war nicht mehr der gleiche Jakobi, der kurz danach seinen weißen BMW bestieg. Irgendwie war alles unwirklich geworden, wie in einem Traum, der noch nicht ganz verpufft war. Jakobi warf die Pistole in den Plastiksack auf dem Nebensitz und zog seine Handschuhe aus. Sie ekelten ihn. Mit spitzen Fingern warf er sie in den Sack. Langsam fuhr er die Hegenheimer Straße entlang. Er hatte Mühe, sich auf den Straßenverkehr zu konzentrieren. Manchmal hatte er Lust, einfach auszuscheren und frontal mit einem entgegenkommenden Wagen zu kollidieren. Es war nicht schwer gewesen zu töten. Aber er wurde mit dem Gedanken nicht fertig, dass er getötet hatte. Er wollte jedes weitere Ereignis aufhalten. Die Zeit musste stillstehen, damit er für ein paar Sekunden über das Unfassbare nachdenken konnte.

Die Ampel schaltete auf Grün, Jakobi musste weiterfahren, die Schuhe ausziehen, den Plastiksack loswerden, den weißen BMW zurückbringen, nach Hause gehen und duschen, schlafen. Er fürchtete sich davor, in seinem Zimmer zu liegen. Die Wände würden ihn einengen, jedes Klingeln würde ihm den Schweiß aus den Poren treiben. Wieso war er nicht einfach abgehauen, ans andere Ende der Welt? Im bolivianischen Busch hätte ihn Lucas bestimmt nicht terrorisiert. Er hätte ihn schon gar nicht aufgestöbert.

Beim nächsten Schuhgeschäft wollte er anhalten, er brauchte dringend neue Pantoffeln, gefütterte Pantoffeln mit einem rotbraun karierten Muster. Das war's, was er sich noch kaufen wollte. Und heute Abend ein bisschen fernsehen.

Jakobi betrat erneut das Schuhhaus Deiss. Die junge Verkäuferin, die ihn zwei Stunden zuvor bedient hatte, empfing ihn mit einem schalkhaften Lächeln.

»Haben Sie die Schuhe anprobiert?« Jakobi nickte.

»Sie sind zu groß.« Jakobi lächelte verlegen. »Ich bring Ihnen Größe 44.«

»Nein, nein«, wehrte Jakobi ab.

Er schaute lange auf das Chromstahlgestell mit den zahlreichen Pantoffeln. Jetzt hatte er sie endlich entdeckt, die gefütterten Pantoffeln mit dem rotbraun karierten Muster.

»Ich hab was Besseres gefunden.«

Jakobi nahm die Pantoffeln vom Gestell und reichte sie der Verkäuferin.

»Kann ich die Wanderschuhe zurückgeben?«

16

Während Bill Murray im Fernsehen einige Grimassen schnitt, bewegte Jakobi die Zehen in seinen gefütterten Pantoffeln und fühlte sich wohl. Er wünschte sich, dass die Blumenfrau mit einer umgebundenen Kochschürze in der Tür erscheinen würde wie die Mütter in den Kinderbüchern. Er wünschte sich Kinder auf dem Schoß und solche, die ihm kleine Plastiktierchen in die Pantoffeln steckten, um ihn zu necken. Er wünschte sich Frieden und Harmonie, einen geschmückten Weihnachtsbaum und den Duft von frischem Christstollen.

Das Telefon klingelte. Jakobi schreckte hoch, es war bereits zehn Uhr abends. Blitzschnell griff er nach dem Telefon.

»Ja, hallo?« keuchte Jakobi atemlos.

»Pfister, Herr Jakobi?«

»Was wollen Sie?« fragte Jakobi misstrauisch.

»Malergeschäft Pfister. Ihre Frau hat uns gebeten, heute Abend um zehn die Offerten für das Haus ...«

»Sie sind Malermeister«, lachte Jakobi erleichtert auf. »Ja, wir können den Auftrag ...« Jakobi lachte schallend heraus bis ihm das Telefon aus der Hand fiel. Clairette betrat das Wohnzimmer. Jakobi wollte es ihr erklären, aber er konnte nicht aufhören zu lachen. Er lachte Tränen.

»Wer hat angerufen?« fragte sie kühl.

Jakobi ließ sich entspannt ins Sofa zurückgleiten und streckte die Beine von sich. Selbst Bill Murray musste lachen.

»Ein Malermeister.«

»Was ist daran so komisch?«

»Er wollte uns eine Offerte machen.«

Jakobi kicherte leise vor sich hin und fuhr sich erleichtert durchs Haar.

»Wie viel will er dafür?«

»Ich hab aus Versehen aufgelegt, tut mir Leid, das war so komisch ...«

Clairette kniete vor dem Glastischchen nieder und nahm das Telefon in die Hand. Offenbar wollte sie den Malermeister zurückrufen. Während sie *Rückruf* wählte, schaute sie zu Jakobi hinüber, dominant und unnachgiebig.

»Übrigens, dieser Lucas hat wieder angerufen.« Jakobi verschlug es die Sprache, er lachte nicht mehr.

»Wann?« rief er.

Clairette begann leise zu lachen. Sie legte das Telefon beiseite und schaute zu Jakobi hoch. Sie genoss es, ihn so außer Fassung zu sehen.

»Ich will wissen, wann Lucas angerufen hat!« schrie Jakobi.

»Heute früh«, antwortete Clairette.

Sie wollte erneut telfonieren.

»Entschuldigung, ich wollte dich nicht anschreien.« Es tat ihm aufrichtig leid.

»Wollen wir zusammen etwas unternehmen, Clairette?«

»Gute Nacht, Marcel.« Ihre Stimme klang abweisend und verächtlich. Sie schien sich nur noch für das Geschäft und die Umgestaltung des Hauses zu interessieren.

»Soll ich mir eine Freundin suchen?« fragte Jakobi leise.

»Wieso nicht? Eine neue Wohnung, ein neues Bankkonto, eine neue Köchin, eine neue Putzfrau, eine neue Krankenschwester ...«

»Eine neue Geliebte, eine neue Mutter«, ergänzte Jakobi ernst.

Beide starrten sich an, maßen sich mit Blicken. Jakobi hatte einmal mehr die Regeln verletzt. Sie hatten in den letzten Jahren so viele Tabus und Brücken zerstört, dass sie kaum noch Zugang zueinander fanden. Der Schauplatz glich einem zerbombten Haus, und keiner wusste, womit man beim Wiederaufbau beginnen sollte. Jeder Schritt führte zum stummen Zeugen einer alten Schlacht, die beide verloren hatten.

»Ich geh mit Kop kegeln«, sagte Jakobi.

»Um zehn Uhr nachts?«

»Um zehn Uhr nachts.«

»Viel Spaß, Marcel, das wird bestimmt sehr lustig.«

Gegen Mitternacht saß Jakobi noch immer hinter dem Tresen der Rio-Bar. Er trank den Bordeaux, den er immer mit Kop getrunken hatte. Jakobi ließ sich eine jener Zigarren geben, die Kop zu später Stunde immer geraucht hatte. Der Rotwein hatte ihn schläfrig gemacht. Er schmeckte ihm nicht. In Kneipen und Bars wurde der Wein ohnehin stets zu warm serviert. Und für den billigsten Verschnitt, der einem am anderen Tag beinahe die

Schädeldecke absprengte, bezahlte man den Preis eines Grand Cru Classé. Eigentlich hatte er den Wein nur Kop zuliebe getrunken. Kop war tot. Er hatte ihn getötet, er hatte Lucas getötet. Aber Kop war sein einziger Freund gewesen. Und deshalb sein bester. Jakobi schob das Weinglas beiseite. Er wollte nach Hause gehen, sich im Keller noch eine gute Flasche aussuchen und sich damit in seinem Arbeitszimmer verkriechen. Er hob langsam die Hand, versuchte der Barmaid ein Zeichen zu geben. Mühsam stieg er vom Hocker herunter und hielt sich am Tresen fest, er fühlte sich unwohl.

»Wo bleibt Ihr Freund?«

Jakobi drehte sich langsam um. Hatte ihn jemand angesprochen? Wie ein quirliger Kapitän stand die Barmaid hinter dem Tresen.

»Welcher Freund?« murmelte Jakobi. Das Sprechen fiel ihm schwer, er hatte Mühe, seine Gedanken zu ordnen.

»Dieser lustige Kerl«, lachte die Barmaid.

»Der?« murmelte Jakobi und winkte abschätzig mit der Hand. Der Schwung der Hand riss ihn beinahe zu Boden.

»Der war nicht mein Freund«, flüsterte Jakobi und starrte die Barmaid an, während ihm der Speichel aus dem Mund floss.

»Habt ihr euch verkracht?«

Die Barmaid wollte Jakobi offenbar an den Tresen zurücklotsen. Ihr Check-up hatte ergeben, dass dieser Gast noch einen Halben vertrug, bevor man ihn von einem Taxi nach Hause chauffieren ließ. Sie hätte bestimmt eine gute Memoryspielerin abgegeben.

»Zahlen!«, schrie Jakobi.

»Lucas hat bereits bezahlt«, hörte Jakobi die Stimme der Barmaid. Dann verschwand sie im Rauchnebel. Verschwommen entdeckte er sie am Ende der Bar, beim Nachfüllen von Gläsern, beim Abfüllen der Kunden. Der Boden begann sich zu wellen, Jakobi wollte sich irgendwo abstützen, doch er griff ins Leere und fiel der Länge nach hin. Jemand half ihm hoch.

»Wo ist Lucas?« stöhnte Jakobi verzweifelt. Er spürte einen Schmerz im linken Oberarm, ein bärtiger Mann hielt ihn fest.

»Halt die Schnauze, du kleiner Scheißer.«

»Ich muss Lucas sprechen«, sagte Jakobi und versuchte sich loszureißen.

»Ich heiße Bruno«, grinste der Mann und rammte Jakobi den Ellbogen in die Magengrube. Er fing ihn gleich wieder auf und schleppte ihn auf die Straße hinaus.

Es war eine eisige Nacht, weit unter dem Gefrierpunkt. Der Mann, der sich Bruno nannte, setzte Jakobi auf einen tiefen Vitrinenvorsprung und knöpfte ihm den Mantel zu. Er winkte ein Taxi herbei, das hinter der gegenüberliegenden Straßenbahnstation auf dem gelb markierten Parkstreifen wartete. Dann riss er Jakobis Mantelkragen hoch und klatschte seine Hände kräftig gegen seine Ohren.

»So, Monsieur, Sie sind versandfertig. Gute Nacht.«

17

Am nächsten Morgen lag Jakobi genauso im Bett, wie er hineingefallen war. Gegen zehn Uhr erwachte er aus einem narkoseähnlichen Schlaf. Das Haus war leer, Kaffee war keiner mehr da. Vermutlich trank ihn Clairette jetzt im Büro.

Aber an diesem Morgen saß Clairette nicht hinter dem braunen Mahagonitisch. In einem Fotogeschäft legte sie gerade einen perforierten Quittungsstreifen vor. Der Verkäufer suchte die Nummer unter den eingegangenen Taschen mit den entwickelten Filmen und legte die Fotos schließlich auf den Tisch. Er wollte die Tasche öffnen, um gemeinsam mit Clairette die Qualität zu prüfen. Schlecht entwickelte Fotos mussten nicht bezahlt werden. Clairette lehnte ab.

»Die werden schon recht sein.«

Clairette bezahlte und ging mit der Fototasche zur Hauptpost hinüber. Dort schaute sie sich alle Bilder genau an, sie war zufrieden. Die Negative legte sie in ihre Handtasche, die Originale in ein gelbes, bereits adressiertes Couvert. Am Express-Schalter gab sie die Sendung auf. Die Beamtin bat Clairette, den Absender auf die

Rückseite zu schreiben. Clairette nahm den Kugelschreiber, der am Schalterrahmen befestigt war, und unterschrieb mit fünf Buchstaben.

Jakobi stand unter der Dusche. Er richtete den lauwarmen Strahl auf seine Schläfe. So wurde er seine Kopfschmerzen am schnellsten los. Er war ein erfahrener Meister in dieser Disziplin. Er hörte die Türklingel erst, als er die Dusche abstellte, um sich die Haare zu schamponieren. Er schlüpfte in seine neuen Pantoffeln, warf sich Clairettes Bademantel über und stieg die Treppe zur Haustüre hinunter. Ein junger Postbote stand davor.

»Express.«

Er reichte Jakobi ein gelbes Couvert, setzte sich wieder auf sein Mofa und fuhr weiter.

Jakobi stieg mit dem Couvert die Treppen hoch, der Inhalt interessierte ihn kaum. Er wollte weiterduschen. Eher zufällig fiel sein Blick auf den Absender.

LUCAS.

Jakobi riss das Couvert auf und nahm die Farbfotos heraus. Sie zeigten Jakobi vor dem weißen Rover, Jakobi vor dem Schuhgeschäft, Jakobi in der Kiesgrube, hinter dem schwarzen Citroen, hinter dem gelben Bagger, Kops Auto, den blauen Buick, Kops heiteren Gesichtsausdruck, Kops zerschossenes Gesicht, Jakobi erneut vor dem Schuhgeschäft, Jakobi mit dem Abfallsack vor dem Container.

Jakobi setzte sich auf die Treppe, ihm war kotzübel. Er schaute die Fotos nochmals an, der Reihe nach, bis zum Bild, das Jakobi vor dem Container zeigte. Vermutlich war ihm Lucas gefolgt und hatte den Plastiksack wieder aus dem Container gefischt. Ja, Lucas musste jetzt im Besitz der Tatwaffe sein, der Kerl hatte alle Beweise. Aber wenn Lucas noch lebte, was zum Teufel hatte Kop damit zu tun? Jakobi verstand nicht. Der Gedanke, dass Kop womöglich nichts mit Lucas zu tun hatte, ließ ihn erschauern. Er wies den Gedanken von sich. Es konnte nicht sein, dass er seinen besten Freund umsonst erschossen hatte. Kop unschuldig, das war für Jakobi undenkbar.

Jakobi ging ins Wohnzimmer und entfachte ein Feuer im Cheminée. Als es endlich brannte, warf er die Fotos hinein, ein Foto nach dem andern. Er wusste, dass es sinnlos war, die Bilder zu vernichten. Lucas konnte ihm täglich neue Abzüge schicken. Aber wenn plötzlich jemand von der Polizei auftauchte, war es besser, keine Fotos im Haus zu haben.

Das Telefon klingelte. Jakobi nahm den Hörer ab.

»Kop ist tot. Lucas lebt.«

»Kop war nicht Lucas?«, schrie Jakobi verzweifelt, »wieso musste er sterben?«

»Weil Sie auf ihn geschossen haben, Marcel Jakobi.«

»Was wollen Sie denn noch von mir? Zünden Sie das Haus an, machen Sie, was Sie wollen. Ich kann Ihnen im Augenblick nichts geben. Bloß diese blöde Münzensammlung.«

»Ihr Leben, Marcel Jakobi, noch sind Sie am Leben, das ist doch allerhand.«

»Warum bringen Sie mich nicht um?«

»Das wäre keine gerechte Strafe, Marcel Jakobi.«

Jakobi starrte in das lodernde Feuer im Cheminée. Er wünschte sich diesen Lucas herbei. Er sehnte sich danach, diesen Menschen eigenhändig zu töten. Mit bloßen Händen. Er hasste ihn, Lucas hatte ihn zum Mörder gemacht, Lucas musste ein Mensch sein, den nichts mehr am Leben hielt. Nur der Hass auf ihn, Marcel Jakobi.

»Lassen Sie mich endlich in Frieden, Lucas.« Jakobi schien einem Heulkrampf nahe. Er wusste, dass Lucas ihn jederzeit der Polizei ausliefern konnte. Aber vielleicht wollte Lucas noch ein bisschen spielen.

»Entlassen Sie Gina Schönenberger. Sie ist eine Nutte, Mr. Bryan.«

»Werden Sie mich dann in Ruhe lassen?«

Jakobi schöpfte neue Hoffnung. Vielleicht genügte Lucas, dass er sich nun ein Leben lang mit dem Gedanken quälen musste, seinen besten Freund getötet zu haben. War das nicht Strafe genug? Jakobi redete sich ein, dass Lucas das auch so sehen und ihn in Ruhe lassen würde.

»Ich bin Ihr Schatten, Marcel Jakobi, ich werde leben, solange Sie leben.«

»Warum willst du sie entlassen?« fragte Clairette erstaunt. Sie schaute flüchtig von ihren Unterlagen hoch, Jakobi fühlte sich wie ein kleiner Junge, der mehr Taschengeld erbetteln wollte. Sogar der alte Leutwyler selig schien sich über ihn lustig zu machen. Sein Porträt hing immer noch an der Wand.

»Warum willst du Gina entlassen?« wiederholte Clairette.

»Gina arbeitet hervorragend. Das hast du wenigstens immer behauptet. Ich war ja nie besonders ... wie soll ich das ausdrücken, auf jeden Fall hab ich sie dir zuliebe in der Firma behalten. Gestern Mittag zum Beispiel wollte sie unbedingt zwei Stunden frei haben über Mittag. Ich hab's ihr verboten. Ich weiß, dass du ihr erlaubt hast, ab und zu für ein paar Stunden zu verschwinden, aber bei mir liegt das nicht drin. Wir müssen die Versäumnisse der letzten Jahre nachholen, Marcel. Und dafür brauchen wir den vollen Einsatz aller Mitarbeiter.«

Jakobi traute seinen Ohren nicht. So hatte er Clairette noch nie reden hören. Sie sprach genauso wie damals ihr Vater.

»Bitte, Clairette, tu mir den Gefallen und entlasse Gina.«

Jakobis Stimme war leiser geworden. Er flehte sie an.

»Wieso tu ich dir damit einen Gefallen?« Jakobi spürte, dass Clairette durchaus bereit war, nachzugeben. Aber sie wollte alles wissen. Sie würde erst nachgeben, wenn Jakobi sich entblößt hatte und beschämt vor ihr saß.

»Ich kann dir darüber keine Auskunft geben, Clairette. Mein Anstand verbietet es mir. Es sind Dinge passiert, die der Firma schaden könnten.«

Jakobi war es sehr peinlich, dass er Gina verleumden musste, um sein Ziel zu erreichen. Es ging um sein Leben, Gina würde es schon verstehen. Er bereute, dass er Clairette aufgesucht hatte. Es wäre wohl besser gewesen, Gina zu einer freiwilligen Kündigung zu bewegen. Aber das hätte sie bestimmt abgelehnt, jetzt, wo sie wusste, dass eine gemeinsame Zukunft nur in Zimmer 307 möglich war. Nur Clairette konnte Gina rauswerfen.

»Was hat denn Gina verbrochen? Hat sie Geheimnisse verraten, Kunden verärgert?«

»Sie hat Dinge getan, die man nicht tun sollte. Das sollte dir genügen.“

»Das sind sehr schwere Anschuldigungen, Marcel. Als Geschäftsführerin muss ich allen Mitarbeitern gegenüber gerecht sein, unabhängig davon, ob sie mit mir verwandt sind oder nicht. Ich werde deshalb Gina hereinbitten, damit sie Gelegenheit hat, sich zu verteidigen, wie es in einem Rechtsstaat jedem Angeklagten zusteht.«

Jakobi war schockiert. Er hatte wieder dieses ohnmächtige Gefühl, dass zwischen Clairette und ihm unüberwindbare Mauern standen. Sie schien sich täglich mehr von ihm zu entfernen. Sie war nicht mehr seine Frau. Sie war die Geschäftsführerin, nebenbei mit ihm »verwandt«.

»Ist ja schon gut«, winkte Jakobi verlegen ab, »ich nehme alles zurück.«

»Worum geht's denn?« Jakobi schwieg.

»Übrigens, Marcel. Wo sind eigentlich meine Goldmünzen?«

»Deine was ...?« stiess Jakobi hervor.

»Meine Goldmünzen. Ich hab sie kürzlich gesucht. Ich möchte meine Sammlung ergänzen. Als Andenken an meinen Vater.«

Jakobi schaute wütend zum Ölporträt seines Schwiegervaters hoch. Auch er schien ein Comeback zu feiern.

»Sie sind drüben in meinem Büro. Kop wollte sie unbedingt sehen. Ich lege sie heute Abend wieder in den Sekretär.«

Clairette schwieg. Lächelnd wandte sie sich wieder ihrer Arbeit zu.

»Weißt du, Marcel, solange du Geheimnisse hast, werde ich dir nicht helfen können.«

Jakobi wollte das Zimmer verlassen.

»Marcel?«

Jakobi blieb stehen und drehte sich um. Clairette blätterte in einem Dokumentationsmäppchen.

»Vergiss nicht, ich halte immer zu dir. Vergiss das nie. Egal was du tust, so schrecklich es auch sein mag.

Ich halte zu dir.«

Jakobi hatte von allem genug. Er mochte gar nicht mehr hinhören, er war am Ende. Und er wusste, dass Clairette das spürte. Jetzt bot sie ihm die Hand, wie damals in der Bahnhofsunterführung.

»Komm zurück zu mir, dann wirst du sehen, dass ich die Wahrheit sage. Ich bin der einzige Mensch, der immer zu dir gehalten hat. Solange du ein Fremder bist, kann ich dir nicht helfen.«

18

Entnervt tigerte Jakobi in seinem Büro auf und ab. Die Spannung in ihm wurde unerträglich. Er hasste Clairette. Jetzt wollte sie ihn demütigen. Plötzlich blieb er abrupt stehen und starrte auf Kops leeren Schreibtisch. Er überlegte, ob es eine Möglichkeit gab, Clairette umzubringen. Doch gleich darauf verwarf er mit einem Schaudern den Gedanken. Er wollte nochmals zu Clairette hinübergehen und mit ihr reden. Er wollte sie mit ihren eigenen Waffen besiegen. Er wollte ihr Liebe vorgaukeln und sie dann dazu bewegen, Gina zu entlassen. Er wusste, dass dies ein schwieriges Unterfangen war. Vielleicht würde er sich dabei tatsächlich wieder in sie verlieben. Jakobi lächelte, er spürte, dass der Gedanke gar nicht so unangenehm war. Jakobi riss die Tür auf und trat in den Flur hinaus. Da sah er Dr. Schultheiß, er stand mitten im Flur. Mit der einen Hand stützte er sich an der Wand ab, in der anderen verbarg er sein Gesicht. Jakobi ging langsam auf ihn zu. Dr. Schultheiß blickte hoch. Er war kreidebleich, er zitterte, sein Blick war leer. Langsam drehte sich Jakobi um und warf einen Blick in den Empfangsraum. Gina saß hölzern hinter ihrem Schreibtisch. Vor ihr stand ein großer, stämmiger Mann mit kantigem Gesicht und buschigem Schnauz. Das leicht ergraute Haar war kurzgeschoren. Dr. Schultheiß nickte ihm zu und begleitete den Fremden in Clairettes Büro. Jakobi folgte den beiden. In einer solchen Verfassung hatte er Dr. Schultheiß noch nie gesehen. Schultheiß wankte in Clairettes Büro und klammerte sich an der Mahagoniplatte fest.

»Es ist etwas Schreckliches passiert, Frau Dr. Jakobi. Unser Herr Kop ist ermordet worden.«

»Ermordet?« entfuhr es Jakobi und starrte zum Fremden rüber. Für den Bruchteil einer Sekunde hatte Jakobi tatsächlich vergessen, dass er Kop ermordet hatte. So sehr hatte ihn Clairettes Weigerung, Gina zu entlassen, beschäftigt und verärgert.

»Das ist Detektiv-Wachtmeister Sutter von der Basler Kriminalpolizei.«

Sutter reichte Jakobi die Hand. Sein durchdringender Blick irritierte Jakobi. Es schien ihm, als wüsste Sutter bereits alles. Er glaubte plötzlich, mit Sutter einem übermächtigen Gegner gegenüberzustehen.

»Sind Sie sicher, dass Herr Kop ermordet wurde?« fragte Clairette und erhob sich, um Sutter die Hand zu geben. Sie wollte ihm einen Stuhl anbieten, aber Sutter lehnte ab. Er ließ sich von niemandem etwas vorschreiben.

»Wir haben die Tatwaffe noch nicht gefunden. Aber es gibt Spuren.«

Sutter wandte sich an Jakobi.

»Qui boni? Wer profitiert von Kops Tod?«

Clairette, Schultheiß und Jakobi warfen sich irritierte Blicke zu. Sie wussten es wirklich nicht.

»Hatte er Freunde?« fragte Sutter. Clairette zeigte auf

Jakobi.

»Er war sein bester Freund.«

Sutter musterte Jakobi nachdenklich. Lauernd spazierte er im Zimmer auf und ab. Vielleicht spähte er den Raum nach möglichen Indizien aus, vielleicht wollte er alle ein bisschen nervös machen. Sutter war ein alter Fuchs. Er war sicher, dass er den Fall lösen würde. Die meisten Mordfälle waren Beziehungsdelikte, der Kreis der Verdächtigen überschaubar. Er brauchte sich nur in Geduld zu üben. Irgendwann machte jeder einen Fehler.

»Sie waren also sein bester Freund?« fragte Sutter. Sein Gesichtsausdruck signalierte unmissverständlich, dass man mit ihm nicht fraternisieren konnte. Er war hier, um einen Job zu erledigen.

»Sie waren jede freie Minute zusammen", sagte Clairette, „manchmal war ich fast ein bisschen eifersüchtig.«

Dr. Schultheiß nickte stumm, als empfinde er Anteilnahme für einen Menschen, der seinen besten Freund verloren hat.

»Ja«, sagte Jakobi, »Kop war mein einziger Freund.«

Sutter nahm eine kleine Agenda aus seiner Tasche und legte sie auf den Tisch.

»Erkennen Sie das?«

»Kops Agenda?«

Sutter nickte und schlug die letzten Seiten auf. Darauf waren zahlreiche Automarken notiert: Mercedes-Benz, Jaguar, VW, Citroen, Audi 100, Saab Turbo spezial. Hinter den Namen waren Striche angebracht, wie man sie beim Kartenspiel zum Zählen benutzt. Dahinter waren dreistellige Zahlen notiert, keine Telefonnummern. Die waren sechsstellig.

»Was hatte Kop mit der Autobranche zu tun?« fragte

Sutter.

Jakobi lächelte verlegen. Wehmütig las er die eingetragenen Namen und Zahlen.

»Kop hat Statistiken geliebt. Er hat über alle seine Bekanntschaften Buchhaltung geführt. Und jedes Mal, wenn er mit einer... verstehen Sie, dann hat er einen Strich gemacht. Und Punkte verteilt. Manchmal hat er nur der Statistik zuliebe mit einem Mädchen geschlafen.«

Sutter nickte. Früher hätte er noch still vor sich hin gegrinst, aber er nickte bloß. Er wollte die Befragung zu Ende führen und nach Hause gehen, seine Ruhe haben. Routiniert stellte er seine Fragen.

»Und die Autonamen, die bezogen sich auf die Wagen, die diese Damen fuhren«

»Nein, nicht direkt«

Sutter nickte wieder. Endlich hatte er Kops Statistik verstanden. Jakobi hielt es zwar für möglich, dass ein Autonarr wie Kop die Automarken seiner Freundinnen als Code notierte. Aber Jakobi wollte nicht, dass Sutter mit Kops Zufallsbekanntschaften Kontakt aufnahm. Denn in Kops Agenda war auch ein Austin Healey aufgeführt. Und einen solchen Wagen fuhr Gina.

»Kop hatte keine festen Freundinnen. Er lernte sie in Bars kennen, fuhr mit ihnen irgendwo in den Wald hinaus. Manchmal sah er sie nie wieder. Er liebte ausgefallene Schauplätze, aufreizende Situationen. Er hatte keine festen Beziehungen. Deshalb ist auch seine Ehe gescheitert. Er liebte alle Frauen ein bisschen, aber eben nie genug.«

»Sie meinen, Kops Tod könnte damit etwas zu tun haben?«

»Nein«, antwortete Jakobi und hoffte insgeheim, dass

Sutter das Gegenteil annahm. Schließlich hatte er Kops Neigungen absichtlich so beschrieben.

»Und Sie, Herr Jakobi, hatten Sie nie Streit mit Ihrem Freund?«

»Kop war ein fröhlicher Mensch, unkompliziert und gutmütig. Man musste ihn einfach gern haben.«

Jakobi war sicher, dass Sutter ohne ihn das Zimmer wieder verlassen würde. Er war überzeugt, dass der Mord an Kop nie aufgeklärt würde. Der Verlauf des Gesprächs gefiel Jakobi und bestärkte ihn in seiner Vermutung. Umso mehr überraschte ihn Sutters letzte Frage.

»Wo waren Sie gestern Nachmittag zwischen fünf und sieben?«

»Wir waren zu Hause.«

Jakobi starrte zu Clairette hinüber. *Sie* hatte die Antwort gegeben. Auch Sutter schien erstaunt zu sein.

»Ich muss Sie der Form halber fragen, ob Sie Zeugen haben.«

»Ich hoffe nicht«, lächelte Clairette charmant, »wir waren im Bett.«

Dr. Schultheiß tat so, als hätte er Clairettes Antwort gar nicht gehört. Er kratzte sich nachdenklich am Hinterkopf. Jakobi vermied es, Clairette anzuschauen. Die Kraft in ihrer Stimme hatte ihn erschreckt. Es war nichts mehr da von diesem aufopfernden Mütterchen, das vier Jahre lang ein todkrankes Kind gepflegt hatte. Sie war stärker denn je zuvor. Jakobi ahnte, wieso ihn Clairette schützte. Sie hielt es für notwendig, weil sie annahm, dass er der Mörder war. Aber Jakobi verstand nicht, wieso Clairette dies annahm. Sie konnte gar nicht wissen, dass er gestern in der Kiesgrube gewesen war. Außer wenn sie die Fotos geschossen hatte. Aber dann, kombinierte Jakobi fieberhaft, wäre Clairette = Lucas. Und das hielt er für ausgeschlossen. Clairette würde nie über Leichen gehen, um ihr Ziel zu erreichen. Jakobi spürte wieder dieselbe Faszination, die Clairette damals bei ihrer ersten Begegnung am Bahnhof auf ihn ausgeübt hatte. Er wollte wieder zu ihr gehören.

»Darf ich Ihnen etwas zu trinken anbieten, Herr Sutter?« fragte Clairette.

Sutter winkte dankend ab, in seinen Augen lag Spott. So einfach ließ er sich nicht einwickeln. Er kannte das Bedürfnis von Verdächtigen, ihm einen Stuhl anzubieten, einen Drink, womöglich ein Mittagessen. Sutter ließ sich nicht vereinnahmen.

»Hatte Kop finanzielle Probleme?«

»Er hat mich mehrmals um eine Lohnerhöhung gebeten, aber das muss nichts bedeuten‘‘, sagte Clairette.

Sutter nickte skeptisch, er misstraute allen. Im Grunde genommen mochte er die Menschen nicht, die da vor ihm standen. Näselnd stellte er seine Fragen, ja fast stänkernd. Unruhig tigerte er im Zimmer umher - diese Fleisch gewordene Unzufriedenheit.

»Hat er Sie auch um Geld gebeten, Herr Jakobi?« Sutter spürte, wie Jakobi schwitzte.

»Er wollte sich eine Yacht kaufen. Er hat mich mal gefragt, ob ich ihm was leihen könnte. Ich konnte nicht. Später hat er mal irgend so eine Sache erwähnt, nichts Näheres, irgendein großes Ding, hat er gesagt.«

Jakobi hielt inne. Sutter nickte und wandte sich von ihm ab. Jetzt fixierte er Dr. Schultheiß.

»Was können Sie über Kop erzählen?«

Schultheiß schien überrascht. Er sprach sehr stockend, verhaspelte sich.

»Privat kannte ich ihn überhaupt nicht. Und in der Firma, wie soll ich Ihnen das erklären ...«

»Sie haben ihn nicht gemocht«, kam ihm Sutter zuvor. Schultheiß kratzte sich wieder verlegen den Hinterkopf.

»Wir hatten verschiedene Auffassungen. Die Beratungspolitik von Herrn Kop war, wie soll man das ausdrücken - etwas gewagter ...«

»Aggressiver«, half Sutter nach.

»Ja, aggressiver. Ich muss allerdings betonen, dass sich Herr Kop in der Firma nichts zuschulden hat kommen lassen. Seine privaten Aktivitäten sind mir gänzlich unbekannt. Da müssten Sie schon Herrn Jakobi fragen.«

Sutter blieb direkt unter dem Ölporträt stehen. Man hätte meinen können, dass der alte Leutwyler ihn hergeschickt hatte. Sutter fixierte Jakobi, bevor er seine nächste Frage stellte.

»Wussten Sie, dass sich Kop vor ein paar Tagen eine Waffe gekauft hat?«

»Ja«, antwortete Jakobi. Natürlich hätte er gerne mehr dazu gesagt, aber er wusste, dass Sutter ihn dazu auffordern würde. Jakobi wollte so tun, als würde Sutter ihn zum Reden drängen. Lügen würde einfacher sein.

»Wieso hat sich Herr Kop eine Waffe gekauft?«

Jakobi zögerte absichtlich. Er senkte den Kopf, bis er Sutters Blick spürte. Als er seine Schritte nahen hörte, schaute er kurz auf.

»Ich weiß es nicht so genau. Es hing irgendwie mit dieser Yacht zusammen. Er sprach mal davon, dass er dringend Geld bräuchte, weil ihm jemand an den Kragen wollte. Er lernte auch eine neue Frau kennen.«

Jakobi schwieg. Sutter forderte ihn mit einem ungeduldigen Nicken auf, weiterzusprechen.

»Na ja, sie wollte es nie im Bett machen. Kop musste abends stundenlang herumfahren, bis sie einen Ort fand, der sie reizte. Ausgefallene Orte. Ich weiß allerdings nicht, ob die Frau irgendetwas zu tun hatte mit dieser Yacht und der ganzen Geschichte. Auf jeden Fall - Kop fühlte sich bedroht.«

»Wovor hatte er Angst? Sie waren doch schließlich sein Freund.«

»Ich weiß es nicht. Er hat es mir nie gesagt. Ich hab's einfach gespürt. Er hätte auch nie zugegeben, dass er sich vor irgendetwas fürchtete. Wenn Sie Kop gekannt hätten, würden Sie es verstehen. Er hat immer Geschichten erzählt mit allerlei Andeutungen, die vieles offen ließen. Mit der Wahrheit nahm er es nie so genau. Die Wahrheit, sagte Kop immer, überlasse er den Fantasielosen. Vielleicht waren auch all die Frauengeschichten erfunden.«

Sutter schüttelte langsam den Kopf und hob Kops Agenda hoch. Jakobi war zufrieden.

Sutter wollte noch Kops Arbeitszimmer sehen. Vermutlich hatte er sich bereits eine erste Theorie zusammengereimt. Ein Mann, der auf großem Fuß lebt, Geld braucht, ein krummes Ding dreht, das ihm über den Kopf wächst ... er gerät in Bedrängnis, fühlt sich bedroht, beschafft sich eine Waffe, trifft sich mit dem großen Unbekannten, bewaffnet, wird erschossen ...

Sutter öffnete Kops Schubladen, überflog sämtliche Unterlagen. Am meisten interessierte ihn das Waffenmagazin. Darin war eine Werbeseite mit gelbem Leuchtstift markiert. *Das neue Automatgewehr G11 der Firma Hecker & Koch GmbH, ein sensationeller Nachfolger des*

Nato-Typs G3 und der Uzi-Maschinenpistolen. Sensationell deshalb, weil man mit dem G11 hülsenlose Munition abfeuern konnte, von der nach der Zündung nichts übrig blieb. Trotz des kleinen Kalibers von nur 4,7 Millimetern konnte das Geschoss sogar auf Distanzen von über 600 Metern Stahlhelme wie Butter durchbohren. Aber es waren nicht diese technischen Neuerungen, die Sutters Aufmerksamkeit erregten, sondern die Tatsache, dass einzelne Angaben mit gelber Leuchtschrift markiert waren.

Jakobi wusste genau, dass sich Kop nie dafür interessiert hatte. Er wusste, dass Kop nie einen gelben Markierungsstift benutzt hatte. Jetzt lag einer auf seinem Schreibtisch. Jakobi warf Clairette einen kurzen Blick zu. Sie fing ihn auf wie ein Kompliment. Sie hatte die Stellen markiert, Jakobi war überzeugt davon. Sie kommunizierten wieder wie in alten Tagen, in denen Blicke noch genügt hatten, um einander die intimsten Gedanken mitzuteilen. Dass sich Clairette eingemischt hatte, ärgerte Jakobi nicht mehr. Er hatte keine Angst mehr, dass sie ihm alles verderben würde. Zu dominant war ihre Präsenz. In ihrer Gegenwart fühlte sich Jakobi wieder sicher. Im Nachhinein war er geradezu verblüfft, wie schnell sich die Theorie von Kops angeblich dunklen Geschäften ergeben hatte. Kop, der Waffenhändler.

Sutter wollte alleine in Kops Büro bleiben. Er hatte keine Fragen mehr. Vorläufig, wie er präzisierte.

19

Jakobi betrat das gegenüberliegende Blumengeschäft. Er wollte für Clairette eine Lotusblüte kaufen. Die Blumenfrau bediente ihn, netter als je zuvor. Ihr kleines Mädchen half ihr dabei. Gestern noch hatte Jakobi an sie gedacht, als er in seinen warmen Pantoffeln vor dem Fernseher saß. Er hatte sich gewünscht, er könnte an ihre Seite treten und dem Mädchen ein guter Vater werden und Weihnachten verbringen wie normale Leute. Aber heute war dieses Gefühl verflogen. Clairette hatte ihn heimgeholt in ihre finstere Welt. In gewissem Sinne war er Lucas dankbar dafür. Er bezahlte die Blumen und verließ eilig den Laden.

Auf dem Esstisch stand eine leere Blumenvase. Jakobi stellte die Lotusblüte hinein, Clairette schaute ihm zu. Sie hatte offenbar geahnt, dass Jakobi ihr Blumen bringen würde. Der Tisch war für zwei Personen gedeckt. Wortlos reichte sie ihm den Korkenzieher. Sie hatte bereits zwei Flaschen Grand Corbin bereitgestellt.

»Warum hast du mir ein Alibi besorgt?« fragte Jakobi, während er die Flasche entkorkte.

»Brauchst du keins?«

Clairette zündete eine Kerze an und löschte die Deckenbeleuchtung. Beide setzten sich an den Tisch.

Jakobi führte den Korken an die Nase und schenkte dann ein.

»Du hältst mich also für Kops Mörder?« fragte er, ohne Clairette dabei anzuschauen. Er hob sein Glas hoch und sog den Duft von frischem Mandelholz und Himbeeren in sich ein. Auch Clairette hob ihr Glas und lächelte verschmitzt dabei: »Ich liebe dich, Marcel, egal, was du getan hast.«

Beide tranken einen Schluck, warfen sich dabei einen Blick zu und stellten das Glas wieder ab.

»Erinnerst du dich an den Fleischfabrikanten Grauwiler?«

»Du hast sein Konto geplündert«, lächelte Clairette. Für den Bruchteil einer Sekunde war Jakobi irritiert, aber dann überwog dieses Gefühl der Verschwörung. Er würde Lucas besiegen, gemeinsam mit Clairette.

»Ich weiß es schon lange, Marcel. Ich hab Vater damals nichts gesagt. Er war bereits todkrank. Er wollte dich nie in der Firma haben. Er hielt dich für einen Taugenichts. Ich wollte nicht, dass er Recht bekommt. Ich hab dich immer geliebt.«

»Ich werde erpresst, Clairette. Von einem mysteriösen Lucas. Das war seinerzeit der Codename für das Nummernkonto. Ich habe bereits Grauwilers Sohn in Genf besucht. Er heißt auch Lucas. Aber er ist es nicht. Und Kop ...«

Jakobi hielt inne. Clairette erhob sich und reichte ihm die Hand. Er nahm sie dankbar an. Sie zog ihn näher zu sich.

»Kop war es auch nicht. Ich ... ich hab ihn umgebracht.« Sie umarmten sich und hielten sich lange umschlungen.

»Endlich ...«, seufzte Clairette.

Am nächsten Morgen saß Jakobi an Kops Schreibtisch. Es war jetzt sein Schreibtisch. Er nahm Kops Pfeife aus der Schublade und stopfte sie mit jener englischen Tabakmischung, die Kop immer geliebt hatte. Er zündete sich die Pfeife an. Kop fehlte ihm, sogar seine dummen Sprüche. Vermutlich nahm Detektiv Wachtmeister Sutter bereits an, dass Kop eine Yacht hatte kaufen wollen, um Waffen zu schmuggeln. Die Geschichte hätte Kop bestimmt amüsiert. Jakobi war erstaunt, dass Clairette letzte Nacht nicht über das Verhör gesprochen hatte. Er hatte sie nicht mal gefragt, ob sie die Abschnitte in Kops Waffenmagazin markiert hatte. Das einzige, was zählte, war ihre neu entflammte Leidenschaft. Jakobi wünschte sich den Abend herbei, um wieder mit Clairette zusammenzusein.

Das Telefon klingelte. Jakobi nahm den Hörer ab.

»Jakobi?«

»Lucas.«

»Was wollen Sie?«

»Sie sind wieder frei, Marcel Jakobi. Sie haben genug gelitten.«

»Wieso plötzlich?«

Lucas hatte bereits wieder aufgelegt. Jakobi verstand nicht, wieso Lucas plötzlich kein Geld mehr wollte. Jetzt hätte er eine Million verlangen können. Jakobi ging in Clairettes Büro. Es war leer. Niemand wusste, wo Clairette war.

Jakobi besuchte Luciens Grab. Er wollte seine Freude mit jemandem teilen. Lucas war aus seinem Leben verschwunden. Der Spuk war vorbei, wie ein Sturm, der schrecklich gewütet hatte. Auf Luciens Grab lag ein Kranz. Auf der Schlaufe stand LUCAS. Jakobi nahm ihn in die Hand und warf ihn weit weg. Vermutlich hatte ihn Lucas gestern niedergelegt. Was Lucas dazu bewogen hatte, mit dem Terror aufzuhören, wusste Jakobi immer noch nicht. Auch Lucien hätte es ihm nicht sagen können.

Jakobi kehrte in die Firma zurück, er suchte Clairette. Gina wollte ihm etwas mitteilen, von einem Mr. Bryan, aber Jakobi kannte keinen Mr. Bryan. Er betrat Clairettes Büro, sie stand beim Fenster. Sie hatte sich ein neues Kleid gekauft. Sein Lächeln sagte ihr, dass er sie sehr schön fand.

Jakobi stürzte sich in ihre Arme. Es schien ihm, als wüsste sie bereits alles. Er erzählte es dennoch: Lucas war aus seinem Leben verschwunden. Es war der erste Kuss seit langem.

Das Telefon klingelte, Clairette ließ es klingeln. Wenig später klopfte jemand an die Tür: Dr. Schultheiß. Er hatte sich mit der neuen Situation zurechtgefunden.

»Entschuldigen Sie, Frau Dr. Jakobi, wir haben eine Besprechung in meinem Büro. Der Kunde ist bereits da.«

»Übernehmen Sie das, Herr Dr. Schultheiß. Mein Mann und ich brauchen Urlaub. In dringenden Fällen erreichen Sie uns ...«

Clairette und Jakobi wechselten einen kurzen Blick.

»... im Hotel La Rochette«, ergänzte Jakobi. Clairette war glücklich, sie strahlte übers ganze Gesicht. Dr.

Schultheiß gefiel die neue Entwicklung überhaupt nicht.

»Sie fahren in Urlaub?« fragte er ungläubig. »Jetzt gleich?«

»Jetzt gleich«, antwortete Clairette.

20

Ein roter Sportwagen schlängelte sich über den Col des Rangiers. Auf der Passhöhe musste Clairette die Geschwindigkeit drosseln, um das Soldatendenkmals zu umfahren. Der Sockel war verwaist. Separatisten hatten »Fritz« über Nacht von seinem Podest gesprengt. Jetzt lag der meterhohe Steinkoloss auf der Gegenfahrbahn. Er hielt immer noch sein Gewehr in der Hand.

In Courgenay kehrten sie in jenem Gasthof ein, in dem einst Gilberte de Courgenay gesungen hatte. An der dunklen Täfelung hing immer noch das Bild von General Guisan. Clairette und Jakobi setzten sich ans Fenster, die Scheiben waren stark beschlagen, die karge Landschaft hatte ihren Winterschlaf angetreten. Auf einem Baum saß ein Mäusebussard und hielt Ausschau nach einem Frühstück, doch zwischen den gefrorenen Erdschollen auf den Feldern schien sich nichts zu bewegen.

»Erinnerst du dich?«

Jakobi ergriff Clairettes Hände über dem Tisch.

»Ich hab ein englisches Frühstück bestellt.«

»Und ich eine kleine Flasche Fleur-du-Rhône. Der schlechteste Weißwein, den ich jemals getrunken habe.«

»Es war ein Montag, vor genau fünf Jahren.«

Die Serviertochter brachte ihnen die Speisekarte, es war bereits elf Uhr.

»Zweimal englisches Frühstück«, sagte Clairette.

»Und eine Flasche von diesem scheußlichen Fleur-du-Rhône«, schmunzelte Jakobi.

Die Serviertochter rümpfte die Nase und rief die Bestellung auf Französisch dem Küchengehilfen zu, der hinter dem Tresen Gläser abtrocknete. Deutschschweizer waren hier nicht gern gesehen. Wenn sich einer hier niederließ, stellten ihm die Einheimischen über Nacht alte Reisekoffer in den Garten. Verstand er das Zeichen nicht, zündeten ein paar Burschen die Koffer an. In dieser Gegend war Clairette geboren. Basel hatte sie zu einem liberalen und weltoffenen Menschen gemacht, aber den Col des Rangiers hatte sie nie ganz abgestreift.

Der Parkplatz des Hotel-Restaurants La Rochette war leer. Es schien so, als hätte der Fels die alte Herberge noch fester umschlungen. Die Farbe der Fassade hatte sich dem Grau des Gesteins angepasst. Der verirrte Ausläufer einer Rebe hatte sich bis zum obersten Dachfenster festgesaugt. Clairette und Jakobi betraten das Gasthaus. Es war ziemlich heruntergekommen. Der Wirt stand immer noch hinter der Réception, genau wie vor fünf Jahren. Seine Schläfen waren ergraut. Er schaute kurz hoch, etwas verdutzt, als erwarte er keine Gäste mehr.

»Wollen Sie etwas essen?«

»Ein Zimmer.«

»Für eine Nacht?«

Clairette küsste Jakobi auf den Mund.

»Es könnte länger dauern«, antwortete sie.

Die Zimmertapete war stark vergilbt. An den oberen Rändern und in den Ecken hatte sie sich bereits vom Verputz gelöst. Clairette warf ihren Mantel aufs Bett und zog Jakobi näher zu sich. Er streichelte ihr Haar, während sie ihm das Hemd aufknöpfte. Draußen in der Schlucht donnerte ein Zug vorbei und erschütterte das Gebäude.

Das Frühstück nahmen sie meistens gegen Mittag im Bett ein, die Nachmittage verbrachten sie mit ausgedehnten Spaziergängen in der näheren Umgebung. Der Winter hatte seinen Rückzug angetreten, der Schnee auf den Dächern taute auf. Gegen Mittag schien die Februarsonne ins Zimmer und weckte sie sanft. Im Halbschlaf suchten sie den Körper des andern und liebten sich.

Manchmal kam es ihnen vor, als hörten sie draußen Wagen vorfahren. Wurden draußen im Garten Tische gedeckt? Wo blieb Clairettes Vater? Lucien war nie geboren, Lucas hatte keine Postkarten geschickt. Die Zeit konnte ruhig stehen bleiben, und selbst wenn das Hotel eines Tages niedergerissen würde, um die neue Autobahnstrecke nach Basel zu verlegen, Jakobi und Clairette wollten in diesem Zimmer bleiben und den Augenblick festhalten bis in alle Ewigkeit.

Clairette fühlte sich satt vor Liebe. Erschöpft blieb sie auf dem Rücken liegen und genoss die Sonnenstrahlen, die sich wie warme Hände an ihr Gesicht schmiegten. Jakobi war wieder eingeschlafen. Er lächelte im Schlaf. Seine Hand ruhte auf ihrem Schenkel. Clairette beobachtete, wie sich sein nasses Glied langsam zur Seite neigte und wieder zusammenschrumpfte. Sie kuschelte sich an ihn heran. Jemand klopfte an die Tür. Ein zweites Mal. Clairette stand auf und warf sich Jakobis Hemd über. Sie öffnete die Tür einen Spalt, Schwarze Rosen. Dahinter das verlegene Gesicht des Wirtes, er hielt eine Flasche Pol Roger in der Hand.

»Ich soll das raufbringen ...«, sagte er leise.

Clairette nahm ihm die Rosen und den Champagner ab. Sie bedankte sich und schloss die Zimmertür. Clairette liebte schwarze Rosen. Sie füllte den Champagnerkrug, der unter dem Tischchen beim Fenster stand, mit kaltem Wasser und stellte den Pol Roger und die Blumen hinein. So sollte es immer sein, dachte Clairette. Sie küsste Jakobi zum Dank auf die Stirn, sie wollte ihn nicht wecken, sie wollte sich wieder hinlegen und ein bisschen schlafen. Sie ging wieder zum Fenster rüber und lockerte nochmals den Blumenstrauß. Erst jetzt erkannte sie das Kärtchen, das am Stiel der einen Rose hing. Und Clairette musste erkennen, dass die Blumen und der Champagner nicht von Jakobi waren. Lucas hatte sie geschickt. »Lucas lässt grüßen«, stand auf der Karte. Clairette war sprachlos. Sie war doch Lucas gewesen, und jetzt war doch alles vorbei. Dass Jakobi ihr einen Streich spielte, hielt sie für ausgeschlossen. Sie hatten ihre Liebe zurück. So leichtfertig würde er sie nicht aufs Spiel setzen.

»Liebling, ich bin gleich zurück. Ich liebe dich, Clairette.« Eilig schrieb sie die Worte auf eine weiße Papierserviette und legte sie vor den Champagnerkrug. Es schmerzte sie, diese Worte zu schreiben, weil sie Angst hatte, Marcel erneut zu verlieren. Leise verließ sie das Zimmer.

Draussen im Flur rief Clairette Dr. Schultheiß an. Er war außer Jakobi der einzige, der ihren Aufenthaltsort kannte. Dr. Schultheiß war sehr freundlich. Clairette spürte, dass er ihre Abwesenheit bedauerte. In der Firma lief alles seinen gewohnten Gang. Dr. Schultheiß ließ durchsickern, dass er Hilfe gebrauchen könnte, schließlich sei er jetzt ganz alleine mit Gina.

»Haben Sie jemandem unsere Hoteladresse gegeben?« fragte sie.

»Ja«, antwortete Schultheiß überrascht, »dieser Herr Lucas hat angerufen. Er sagte, er hätte Ihnen etwas Erfreuliches mitzuteilen. Hat er sich bei Ihnen gemeldet?«

»Ja, das hat er.«

»Ich hoffe, es war richtig, ihm Ihre Adresse zu geben. Sie haben das ausdrücklich gewünscht. Ich dachte, Herr Lucas ist ein naher Bekannter von Ihnen. Als ich gestern das Grab Ihres Sohnes besuchte, lag ein frischer Kranz auf der Erde, von Herrn Lucas. Ich hab's auf der Schlaufe gelesen.«

»Danke, Herr Dr. Schultheiß.«

»Darf ich fragen, wann wir Sie wieder erwarten dürfen?«

»Kommen Sie morgen bitte zu Notar Petitpierre nach Porrentruy. Sie werden die Vollmacht erhalten, die Firma zu verkaufen.«

Dr. Schultheiß schwieg betreten. Es schmerzte ihn, dass Clairette so leichtfertig alles hinschmiss, was er und ihr Vater in mühsamen Jahren aufgebaut hatten. Besonders jetzt, wo Kop tot und Jakobi entmachtet war. Er hätte so gerne noch ein paar Jahre mit Clairette weitergemacht. 73 war doch heute kein Alter mehr! Er hätte auch ohne Lohn weitergearbeitet. Er wollte nicht zu Hause sitzen und am Morgen die Todesanzeigen studieren. Clairette, das war für ihn die Frau, die ihm als jungem Mann leider nie begegnet war. Er respektierte ihren Entschluss, er hatte nicht die Kraft, irgendwelche Fragen zu stellen. Doch dann regte sich Widerstand in ihm, Wut: »Ich werde die Firma übernehmen, wenn es Ihnen recht ist, Frau Dr. Jakobi.«

Die Firma war sein Leben. Er wollte bloß sein Leben behalten.

»Darüber können wir reden, Herr Dr. Schultheiß. Kommen Sie bitte trotzdem um zwei in die Kanzlei von Professor Petitpierre. Wir werden eine Einigung finden. Ich versprech's Ihnen.«

Clairette fühlte sich nach diesem Gespräch noch schlechter. Sie mochte Schultheiß, aber sie hatte keine Wahl. Nachdem sie bei Petitpierre den Termin für den morgigen Tag fixiert hatte, stieg sie in ihr Auto und fuhr nach Yverdon. Dort spurte sie auf die Autobahn ein, die nach Genf hinunter führte. Jakobi hatte ihr von seinem Besuch bei Lucas Grauwiler erzählt. Er war der einzige, der in Frage kam. Schultheiß wäre auch noch in Frage gekommen. Aber mit einer Fliege am Hals konnte sie sich Lucas mit dem besten Willen nicht vorstellen. Nur ein Schwein würde es wagen, Zeichen des Terrors auf Luciens Grab niederzulegen. Sie hatte es auch getan, damals bei Luciens Beerdigung. Aber sie hatte damit niemanden zerstören wollen. Sie hatte Jakobis Liebe zurückgefordert.

21

Der Schnee in Grauwilers Garten war fast ganz geschmolzen. In einem Schattenloch hinter der Garage lag noch ein Häufchen Weiss. Eine Rübe steckte darin. Vermutlich hatte jemand vor Wochen einen Schneemann geformt. Bald würde nur noch die Rübe auf der matschigen Erde liegen.

Um drei Uhr verließ Lucas' Haushälterin das Haus. Sie trug zwei große Einkaufstaschen bei sich. Sie zog die Tür zu, bis sie einschnappte. Sie sah den roten Sportwagen nicht, der auf der gegenüberliegenden Straßenseite parkiert war. Als sie hundert Meter vom Haus entfernt war, stieg Clairette aus ihrem Wagen aus.

Über die offene Garage gelangte sie ins Haus, die Kellertreppe führte direkt ins Entrée. Vor der Holztüre blieb sie stehen, sie erinnerte sich an Jakobis Beschreibung. Entschlossen betrat sie das Spielzimmer. Zwei Züge fuhren nebeneinander aus dem Tunnel. Offenbar veranstaltete Lucas ein Wettrennen. Der eine Zug drosselte seine Geschwindigkeit, während der andere über die Kreuzung fuhr.

»Lucas?« rief Clairette. »Wer sind Sie?«

Erst jetzt erkannte Clairette die Silhouette auf der Galerie oben.

»Haben Sie den Kranz auf das Grab meines Sohnes gelegt?«

Lucas lachte laut auf.

»Ja. Ich bin Lucas.«

Clairette war wütend. Am liebsten hätte sie die vorbeifahrende Lok mit dem Fuß von der Schiene gekickt.

»Ich war Lucas, aber das Spiel ist jetzt zu Ende. Ich habe Marcel Jakobi verziehen«, rief Clairette.

»Alle Achtung«, lachte Lucas. »Sie haben Ihren Jakobi ganz schön aus der Fassung gebracht. Ihr Spiel hat mir aber recht gut gefallen. Deshalb werde ich weiterspielen.«

»Wie viel wollen Sie?«

»Ein bisschen Spaß, ist das zuviel verlangt? Erst Jakobis Besuch hat mich auf die Idee gebracht. Ich wollte auch Lucas spielen, einfach mit spielen. Als ich ihn später anrief, war er ziemlich verzweifelt. Einmal fragte er mich, wozu er eigentlich Kop umgebracht habe. Ich wusste es auch nicht. Wollen Sie es mir verraten, Lucas?«

»Ich bin nicht mehr Lucas. Das Spiel ist zu Ende.«

»Nein, noch nicht, wir haben erst die Karten verteilt. Jakobi hat kein einziges As erwischt. Er ist der Mörder. Das ist Ihr Verdienst. Sie wussten, dass er keine hundertfünfzigtausend hat.«

»Ich biete Ihnen eine Viertelmillion, wenn Sie das Spiel abbrechen.« Lucas lachte laut auf. Das Gespräch amüsierte ihn. »Dafür ist es leider zu spät, ich habe Jakobi vor einer halben Stunde angerufen. Ich habe ihm empfohlen, die Tropfsteinhöhle aufzusuchen. Er glaubt, dass er Lucas treffen wird.«

»Was haben Sie vor?« fragte Clairette besorgt.

»Fahren Sie zurück, suchen Sie Ihren Jakobi. Sie sind die einzige, die ihn retten kann.«

»Ich kann nicht«, schrie Clairette, »wenn er in der Grotte auf Lucas wartet, kann ich nicht hingehen.«

»Sie müssen«, entgegnete Lucas trocken, »wenn Sie ihn lieben, müssen Sie hingehen. Ich hab mir was Hübsches ausgedacht, es lohnt sich.«

Aber auch Clairette hatte sich was ausgedacht. Während Lucas langsam von der Galerie herunterstieg, öffnete sie ihre Handtasche.

»Lucas?« sagte sie leise.

Lucas blieb stehen und schaute zu Clairette hinunter.

»Das mit dem Kranz, das hätten Sie nicht tun sollen. Lucien war mein Sohn.«

Als Jakobi nach einer Stunde Marsch den Felshügel im Osten erreicht hatte, erspähte er zum ersten Mal das Turmverlies des »Tour de Milandre«, das hinter dem Wald aus dem Nebel ragte. Hier unten musste der Eingang zur Grotte sein. Jakobi erkannte den massiven Felsvorsprung hinter der kahlen Baumreihe. Lucas hatte ihm den Ort ziemlich genau beschrieben. Vor zwei Stunden hatte er im Hotel angerufen. Jakobi hätte gerne mit Clairette darüber gesprochen. Aber sie war nicht da gewesen. Er hatte nicht länger warten können. Der Wirt würde ihr ausrichten, dass er die Grotten besuchte.

Jakobi leuchtete mit seiner Taschenlampe den Grotteneingang unter der Felsplatte aus. Ein letztes Mal schaute er zurück, über die abgestorbenen Felder, die sich im Nebel verloren. Weit und breit keine Häuser, kein

Aufheulen von Automotoren, weder Tier noch Mensch. Jakobi fixierte eine zweite Taschenlampe am Gurt seines Wintermantels. Die andere Lampe hielt er fest umklammert in der linken Hand. Ihr Scheinwerfer war groß wie ein Suppenteller. Der Lichtstrahl reichte tief ins Innere der Grotte und ließ die Konturen von in Fels gehauenen Treppen sichtbar werden, zögernd hielt er sich am verrosteten Handlauf fest. Dass Haltestangen montiert war, stimmte ihn zuversichtlich. Irgendwann mussten Menschen hier gewesen sein. Prüfend setzte er seinen Fuß auf die nächste Stufe, vorsichtig stieg er hinab in den unheimlichen Schlund der Grotte. Die Treppe schien kein Ende zu nehmen, die Seitenwände wurden immer enger. Gespenstisch streiften die Lichter der beiden Taschenlampen diese bizarre Unterwelt.

Nach einer halben Stunde erreichte er den sogenannten »Dom« der Tropfsteinhöhle, eine skurrile »Halle«, auf deren Boden sich säulenartige Stalagmiten wie märchenhafte Kobolde zur imposanten Kuppel emporreckten. Die massiven Tropfsteine am Boden waren über 250.000 Jahre gewachsen, Tropfen um Tropfen. Jetzt berührten sie beinahe die Stalaktiten, die wie geschmolzene Cruise-Missiles am Gewölbe hingen. Jakobi spürte ein Kitzeln in der Nase, sein Niesen hallte wider. Mit großer Verspätung wurden die Reflexionswellen der Schallquelle zurückgeworfen. Die Zeit zwischen Niesen und Widerhall ließ Jakobi ahnen, wie groß dieses unterirdische Universum sein musste.

Jakobi griff ins Leere. Er hatte das Ende des eisernen Handlaufs erreicht. Das letzte Stück war nicht mal abgerundet, es schien so, als hätten die Arbeiter plötzlich aufgehört, als hätte abgebrochene Stalaktiten sie erschlagen und sie Tropfen um Tropfen in Eissäulen verwandelt.

Plötzlich erblickte Jakobi ein Seil an der Wand. Vorsichtig schritt er hinüber und hielt sich daran fest. Mit der Taschenlampe versuchte er, das Ende auszuleuchten. Das Seil führte einen äußerst schmalen Gang entlang, zu einer kleinen Galerie hinauf, an deren Ende sich ein torartiger Bogen wölbte. Unter dem leicht ansteigenden Gang lag ein kleiner See. Jakobi zog sich am Seil hoch, bis er die kleine Galerie erreicht hatte. Von hier aus schien der »Dom« noch imposanter, ein unheimliches Labyrinth von Eisskulpturen, Gängen und Schlünden. Jakobi hielt das Ende des Seils fest, er leuchtete den Boden aus und richtete die Taschenlampe auf den Torbogen, der in einen tieferliegenden Höhlentrakt führte, den die Einheimischen »Tanzsaal« nannten. Kaum hatte Jakobi den Seilzipfel losgelassen, glitt ihm der Boden unter den Füßen weg. Die Taschenlampe in seiner Rechten wurde dabei in die Luft geschleudert. Blitzschnell glitt er in den »Tanzsaal« hinunter, während er geistesgegenwärtig mit der einen Hand die Taschenlampe an seinem Gurt schützte und mit der andern Hand nach neuen Seilen tastete, an denen er sich festhalten konnte. Doch die Wände waren aalglatt, bis auf die Spitze, die wie eine monströse Nase aus der Wand ragte und ihm den Unterarm aufriss. Und Jakobi glitt weiter über den vereisten Tanzboden. Erst jetzt widerhallte der Schrei, den er beim Ausgleiten ausgestoßen hatte. Jakobi versuchte, die Beine anzuwinkeln, um die Taschenlampe an seinem Gurt besser zu schützen. Sein Körper wurde gegen eine Eissäule am Ende des »Tanzsaales« geschleudert. Der Oberkörper schnellte in die Höhe, der Kopf schlug gegen etwas Hartes, Jakobi verlor das Bewusstsein. Die Taschenlampe war erloschen, der Scheinwerfer unter seinem Körper zerbrochen.

Als Lucas' Haushälterin am späten Nachmittag vom Einkaufen zurückkam, war der rote Sportwagen auf der gegenüberliegenden Straßenseite nicht mehr da. Die Haushälterin stellte ihre Einkaufstaschen in der Küche ab und ging ins Spielzimmer. Sie hatte sich für heute Abend eine Delikatesse ausgedacht: Hauchdünne Kalbsfilets mit Kapern an einer zitronenhaltigen Weißweinsauce. Die Vorspeise musste sie erst mit Lucas besprechen. Er war in dieser Hinsicht ein bisschen heikel. Cantadou eingerollt in Lachs, das war in gewisser Hinsicht eine Premiere. Aber die Haushälterin war überzeugt, dass sie aus Lucas noch einen Feinschmecker machen würde. Er lag zusammengekrümmt inmitten der Geleise. Sein linker Arm hatte den Tunnel durchbohrt. Der grüne Wiesenteppich neben der Windmühle war blutdurchtränkt. Lucas war tot.

22

Als Jakobi wieder zu sich kam, war kotzübel. Der Schädel brummte, die Gelenke waren steif, ihn fror. Langsam führte er in der Dunkelheit die Hand zum Kopf, um sich das Nass aus seinem Gesicht zu wischen. Es war etwas dickflüssig wie Blut. Er verschmierte sich damit das Gesicht. Das Denken bereitete ihm Mühe. Er konnte das Geräusch, das er immer wieder hörte, nirgends einordnen. Pochte es unter der Schädeldecke oder waren es tatsächlich Schritte, die da widerhallten? Er horchte. Und wieder dieses Geräusch, es kam näher. Er wollte den Kopf heben und sich nach dem Licht umsehen. Aber der Kopf blieb liegen, als klebe er bereits am Eis.

»Lucas«, flehte Jakobi. Der Kiefer schmerzte beim Sprechen. Er wartete ab, bis der Widerhall erloschen war, und rief abermals nach Lucas.

»Marcel.«

Reflexartig richtete sich Jakobi auf. Seine Hand glitt aus. Wie ein Käfer blieb er hilflos auf dem Rücken liegen und starrte in die Dunkelheit. Ein Eistropfen klatschte auf seine Stirn. Und wieder diese Schritte, diesmal kräftiger, entschlossener. Ein Lichtstrahl erfasste die Eiskuppel über Jakobi. Wie erstarrte Carnosaurier hingen die Eissäulen über ihm, verkrustete Monster, die nach 140 Jahrmillionen Herrschaft auf Erden mit dem Gestein eins geworden waren. Hämisch grinsten sie ihn an, stumm, als wollten sie ihm mitteilen, dass hier die Ewigkeit begonnen hatte, für Jahrmillionen auf dem Rücken liegen und schuppenartige Eissäulen anstarren, von denen man nie wusste, ob sie sich gleich von der Kuppel lösen und ihre Spitze in seinen Körper rammen würden.

»Lucas«, schrie Jakobi, »was wollen Sie von mir? Ich habe schon alles gestanden. Das Unrecht, das ich begangen habe, kann ich nicht wiedergutmachen. Lucas! Wenn Sie mich nicht rausholen, bin ich verloren, ich bin verletzt, ich kann Ihnen nichts antun, ich bin am Ende. Das Leben hat mir alles geschenkt, und alles wieder genommen. Lass es uns beenden, Lucas.«

Jakobis Worte widerhallten tausendfach, als würden Hunderte von Börsianern auf meterhohen Aktienbergen sitzen, die sie lauthals vor dem letzten Crash abstoßen wollten. Jakobi hatte längst aufgegeben. Wie ein Hund, der dem Feind die Gurgel anbietet, lag er da, die Hände schlaff und weit geöffnet auf dem glitzernden Boden der unterirdischen Tanzhölle.

»Marcel, ich liebe dich.«

Jakobi spürte das Haar in seinem Gesicht, den Duft von frischen Äpfeln. Es war der Racheengel, der ihn im Jenseits in die Arme schloss, um ihm den letzten Lebenshauch auszublasen. Aber die Stimme des Engels klang sanft, und dessen Atem erinnerte ihn an Clairette. Ihr Körper bebte. Die Tropfen, die auf sein Gesicht hinunter klatschten, waren wärmer, salziger. Sie drückte seinen Kopf an ihre Brust. Hier wollte er entschlummern. Jakobi

wollte nicht mehr kämpfen. Er wollte loslassen, sich hin-
geben, dem Todesengel. Und abermals verlor Jakobi das
Bewusstsein.

Als Jakobi wieder zu sich kam, lag er im Zimmer des
Hotels La Rochette. Er wusste nicht, ob in der Zwischenzeit Stunden oder gar Tage vergangen waren. Clairette
saß auf der Bettkante und half ihm, den warmen Kaffee
zu trinken. Sein Kopf war einbandagiert. Jakobi hatte
Mühe, die Augen offen zu halten.

»Bist du Lucas?«

Clairette setzte die Kaffeetasse wieder auf den Nacht-
tisch und legte sich neben Jakobi. Wie in Trance streichelte sie sein Gesicht.

»Ich hab dir einmal gesagt, dass ich dich immer lieben werde, erinnerst du dich?«

»Bist du Lucas?«

»Ich werde dir alles erklären, Marcel.«

Clairette stockte, sie wusste nicht, wie sie es Marcel
erklären sollte.

»Lucas Grauwiler hat sich das ausgedacht. Er wollte,
dass du mich für Lucas hältst.«

Clairette hatte Marcel die Wahrheit sagen wollen,
aber sie konnte nicht. Vielleicht würde sie es später tun.
Marcel glaubte ihr kein Wort.

»Nein Clairette, *du* bist Lucas.« Seine Stimme klang
müde, er war enttäuscht.

»Am Anfang nur, glaub mir, nach dem Besuch von
Detektiv Wachtmeister Sutter hab ich dich freigegeben.
Erinnerst du dich? Es war alles wieder wie früher. Aber
Lucas Grauwiler hat weitergespielt. Erst dein Besuch in
Genf hat ihn auf die Idee gebracht ...«

Clairette wollte noch endlos weiterreden, über Lucas Grauwiler, aber Jakobi wollte die Geschichte nicht hören. Ihn interessierte nur eines: Kop.

»Kop war mein einziger Freund. Ich hab ihn umgebracht. Für Lucas. Und Lucas, das warst du ...«

Clairette nahm Jakobi in ihre Arme, er versuchte sich aus ihrem Griff zu lösen.

»Du musst mir verzeihen, Marcel, so wie ich dir verziehen habe. Ich war grausam, aber ich liebe dich, Marcel, ich liebe dich.«

„Du bist ein Scheusal, Clairette, hörst du?"

23

Am nächsten Tag fühlte sich Jakobi schon wesentlich besser. Er sprach nicht viel, er versuchte zu verstehen, wieso sie ihm das angetan hatte. Er war ihr nicht mehr böse, er verzieh ihr, wie sie ihm verziehen hatte.

»Woran denkst du?« fragte sie ihn einmal während des Mittagessens. Sie nahmen es stets im Hotelzimmer ein.

Jakobi schwieg. Er starrte auf das Stück Kalbfleisch in seinem Teller. Er konnte Clairette nicht mehr in die Augen schauen. Er war ihr nicht böse, aber ihre Stimme, die vertrug er nicht mehr.

»Ich treffe mich um zwei mit Dr. Schultheiß beim Notar in Porrentruy, ich verkaufe Dr. Schultheiß meinen Anteil. Anschließend fliegen wir weg.«

Clairette schenkte Rotwein nach, einen jungen Beaujolais.

»Der Spuk ist vorbei, Marcel«, flüsterte Clairette. Stumm prostete sie ihm zu.

Aufmerksam büschelte sie ein paar Salatblätter in und legte sie Jakobi auf den Teller. Sie schien ihm jeden Wunsch von den Augen abzulesen. Jakobi war es recht.

Sie sollte ihn ruhig bemuttern, wie sie Lucien umsorgt hatte. Vielleicht würde er sogar bei ihr bleiben, wie ein Kind, das beschlossen hatte, nie laufen zu lernen.

»Lucas«, murmelte Jakobi.

»Lucas Grauwiler ist tot.«

»Du bist Lucas.«

Jakobi saß am Fenster des Hotelzimmers und starrte auf die Landstraße hinunter. Dem Autoverkehr nach zu urteilen, war Sonntag. Die Leute fuhren ihre sauber schamponierten Autos spazieren. Ihre Hemden waren noch weißer und die Flüsse noch schmutziger. Vom Wirt hatte sich Jakobi einen achtzehnjährigen Cabernet Sauvignon ins Zimmer bringen lassen, einen noblen Bordeaux mit intensivem Cassis-Aroma. Ohne Wein konnte Jakobi an diesem Tag keinen Gedanken mehr zu Ende führen. Er wusste, dass der Alkohol die Sinne trübte, aber manchmal schien es ihm, als stünde er der Wahrheit näher, wenn er die zweite Flasche Bordeaux entkorkte. Er liebte Clairette, aber es war nicht mehr die gleiche Faszination. Grauen hatte sich beigemischt, Entsetzen. Er bewunderte wohl, was sie für ihn getan hatte, was sie ihm angetan hatte. Aber er fürchtete sich davor, mit ihr in das Haus des Schwiegervaters zurückzukehren. Er hatte immer gewusst, dass sie zu allem fähig war. Er hatte es auch geglaubt, auch damals, als sie ihm gedroht hatte, dass sie ihn immer lieben und dass es kein Ende nehmen werde. Aber jetzt hatte sie die Schwelle überschritten. Und er mit ihr. Der Tod bedeutete ihr nichts mehr. Und davor hatte er Angst. Jakobi war weidwund, er fühlte, wie alles Leben in ihm zerrann, wie der Wein den er soeben verschüttet hatte. Mit einer fahrigen Bewegung hatte er die

Flasche vom Fenstersims gestoßen. Er wollte eine neue bestellen, den ältesten Bordeaux, den der Wirt im Keller hatte. Schließlich entschied er sich für einen Rioja Grande Reserva, der den Jahrgang seines Sohnes Lucien trug, einen kirschroten Tropfen mit einem intensiven violetten Stich. Der rustikale Geschmack würde ihn an getrocknete Zitrusschalen erinnern. An Lucien.

Der Wirt brachte die Flasche herauf. Er sah den dunkel gefärbten Weinflecken am Boden, aber er machte keine Anstalten, die Nässe mit einem Lappen aufzusaugen. Er ließ Jakobi in Frieden und verließ wortlos das Zimmer.

Jakobi nahm Kops Pfeife aus seiner Manteltasche und stopfte sie mit Kops englischer Tabakmischung. Jakobi war nie ein Mensch gewesen, der sich mit Realitäten begnügt hatte. Er hatte stets mehr gewollt, auch wenn es das Ende bedeutet hatte. Mit Clairette war es nun eingetreten. Er hatte zugesehen, wie sie die Waffe ihres Vaters geladen und damit das Zimmer verlassen hatte. Er war sicher, dass sie in diesem Augenblick Sutter in der Tropfsteinhöhle gegenüberstand. Jakobi zündete die Pfeife an und sog den Rauch tief in seine Lungen. Er nippte an seinem Weinglas. Er hatte längst genug. Aber Jakobi wollte nicht aufhören, er wollte weitermachen, bis er betäubt vom Stuhl kippte. Er liess sich auf den schmuddeligen Teppich sinken und nahm die Flasche in den Schoss. Er starrte auf die geschlossene Zimmertür. Manchmal realisierte er, dass er kurz eingenickt war. Dann sah er wieder die Zimmertür. Er sah durch sie hindurch. Er sah Sutter inmitten der Eissäulen. Er hörte seine Stimme, ohne die Worte zu verstehen. Er sah Clairettes Augen, und er wusste, dass sie die Waffe bereits in der Hand hielt. Er glaubte den dumpfen Knall zu hören, der unter der vereisten Domkuppel widerhallte. Er glaubte Sutters Atem zu spüren, kurz bevor ihn die Wucht in die Eishalle hinausschleuderte, inmitten der vereisten Kobolde, die ihn aufnahmen in das unterirdische Reich der Ewigkeit. Dann sah er wieder die braune Zimmertür. Sie brauchte dringend einen frischen Anstrich. Jakobi füllte sein Glas nach und überlegte, welche Traubensorte er als nächste bestellen sollte. Einen reinen Grenache? Den gab es vermutlich nicht im Weinkeller dieser heruntergekommenen Gaststätte. Eine Gamay-noir-Traube, vielleicht. Die Pfeife war erloschen.

Die Zimmertür sprang auf. Clairette betrat den Raum. Jakobi wusste, dass sie soeben Sutter getötet hatte. Mit der gleichen Waffe, mit der er Kop erschossen hatte. Er verstand nicht, wieso Clairette so weit gegangen war. Sie schloss die Tür hinter sich, ein Zucken in ihrem Gesicht, ein Lächeln. Als ihre Hand seine Schulter berührte, ließ er den Kopf auf den Fenstersims fallen. Clairette hielt ihn fest. Sein ganzer Körper wurde von einem Krampf geschüttelt, als versuche er seine Verschalung abzusprengen. Clairette versuchte ihm zu erklären, dass sie weder die Grotte aufgesucht noch Sutter getötet habe. Sie sagte ihm, dass jetzt alles in Ordnung sei. Dr. Schultheiß habe die Firma übernommen. Er werde das Haus in den nächsten Wochen verkaufen. Sie würden jetzt nach Basel fahren, dort umsteigen und den Zug zum Flughafen Kloten nehmen. Jakobi war betrunken, er wusste nicht mehr, was wahr war und was nicht.

24

Als der Zug im Basler Hauptbahnhof einfuhr, hatte Jakobi seinen Entschluss längst gefasst. Er wollte mit dem Taxi zum Flughafen Basel-Mulhouse fahren und dort die nächste Maschine besteigen. Weit weg und irgendwo landen. Es gab überall auf der Welt Bahnhöfe, wo man arbeiten konnte. Jakobi wollte alleine sein mit seinem Mord und seinen Geheimnissen. Doch während der gesamten Zugfahrt hatte er es nicht geschafft, mit Clairette darüber zu sprechen. Er hatte an Lucien gedacht, an Gina und an die Blumenfrau. Wieso war er in seinem Leben nicht einer ganz normalen Frau begegnet, mit der er eine ganz normale Familie ... Die Blumenfrau. Vielleicht hätte er sie doch ansprechen sollen. Aber dafür war es nun zu spät. Weihnachten würde sie ohne ihn feiern. Vielleicht dachte auch sie manchmal an ihn. Er hätte sie gerne noch einmal gesehen, aber der Zug hatte längst im Basler Bahnhof gehalten.

Jakobi und Clairette stiegen auf den Perron hinunter. Jakobi wollte es ihr sagen, aber sie wich seinem Blick aus. Sie wollte es nicht hören. Sie wusste ganz genau, was er ihr sagen wollte.

»Ich kann mit dir nicht mehr leben, Clairette.«

Clairettes Gesichtszüge verspannten sich. Sie umklammerte seinen Arm. Sie wirkte plötzlich so verzweifelt. Sie war nicht die starke Frau, die ihm heute Mittag den Salat serviert hatte. Jakobi wollte nicht mit ihr nach Hause. Er hatte keine Zuhause mehr.

»Weißt du, was du soeben gesagt hast?« Clairettes Lippen begannen zu beben.

»Ich verlasse dich, Clairette, für immer. Ich nehm die nächste Maschine in Basel-Mulhouse, fahr du ruhig nach Zürich-Kloten.«

Clairettes Augen wurden wässrig, begannen zu glänzen, das Kinn zitterte. Mit beiden Händen hielt sie seinen Arm umklammert.

»Du brauchst Schlaf, Marcel, lass uns nach Hause gehen, bitte, lass uns schlafen.«

Jakobi riss sich von ihr los. Er hatte Angst vor ihr, panische Angst, am liebsten wäre er losgerannt. Er wollte dieses Haus nie mehr betreten, er wollte nicht hören, wie der Riegel hinter ihm ins Schloss fiel, er wollte nicht sehen, wie sie in ihrem weißen Nachthemd zu ihm ins Bett stieg und sich an seine Seite kuschelte. Sie war Todesengel, der alles vernichtet hatte, um mit ihm alleine in die Hölle zu stürzen. An ihren Flügeln klebte Blut, in ihrer Nähe drohten Verderben und Untergang.

»Leb wohl, Lucas.«

Jakobi riss sich ein zweites Mal los. Hastig bahnte er sich einen Weg durch die Menge. Er schritt den Perron hinunter. Er wollte die Bahnhofsunterführung erreichen, schnell an jener Schnellimbissbar vorbeigehen, an der er Clairette zum ersten Mal begegnet war, schnell die Treppen hochsteigen bis zum Taxistand. Und wegfahren.

Doch vor dem Schnellimbiss stand Sutter. Detektiv-Wachtmeister Sutter. Jakobi war irritiert. Im Rausch hatte er Sutter in der Tropfsteinhöhle gesehen. Aber das war's nicht, was ihn verwirrte. Wieso stand Sutter hier? Er schien auf sie gewartet zu haben. Jakobi blieb stehen. Clairette ergriff erneut seinen Arm. Auch sie hatte Sutter gesehen.

»Wenn die Polizei etwas entdeckt, werde ich den Mord auf mich nehmen, hörst du, Marcel, ich werde für dich ins Gefängnis gehen. Ich bin stärker, aber bleib bei mir, Marcel, bleib bei mir.«

Sutter schritt langsam auf die beiden zu. Vor dem Eingang zur Schnellimbissbar blieben er stehen. Clairette wollte an ihm vorbeigehen, doch Sutter schüttelte den Kopf.

»Ich hab auf euch gewartet.«

Sutter sprach leise, mit bewegter Stimme, als täte es ihm leid.

»Auf uns?« lachte Clairette hysterisch.

Sutter zeigte ins Innere der Stehbar. Hier hatte alles begonnen. Der penetrante Geruch nach abgestandenem Pommes-frites-Öl hing immer noch wie ein fetter Schleier in der Luft, als habe man in den letzten Jahren noch nie das Öl ausgewechselt. Vor den hohen, runden Tischchen standen immer noch die gleichen Menschen. Die alten Bahnhofsarbeiter, die nach der Arbeit hier ihre Freizeit verbrachten, stumm hinter Biergläsern und vor überfüllten Aschenbechern, als könnten sie es kaum erwarten, die nächste Schicht anzutreten.

Sutter bestellte an der Theke drei Tassen Kaffee. Jakobi verlangte einen Cognac. Clairette musterte ihn eindringlich. Sie wollte eine Antwort. Beide wussten, dass die Anwesenheit von Sutter kein Zufall sein konnte. Womöglich waren sie die ganze Zeit beschattet worden. Sutter zündete sich eine Zigarette an, ohne die beiden aus den Augen zu verlieren. Er beobachtete sie, als versuche er zu verstehen. Er war sich offenbar sicher, dass ihm die beiden nicht mehr entwischen konnten. Vielleicht hatte er sogar Vorsichtsmaßnahmen getroffen. Er schien nicht glücklich darüber. Sutter zog den Rauch langsam in die Lungen ein. Er brauchte das Nikotin.

»Ich habe nicht viel Zeit«, sagte Jakobi. Sutter hob die Augenbrauen und hielt Jakobis Blick stand.

Jakobi wich ihm aus und griff nervös in seine Hosentasche. Er kramte einen Hausschlüssel hervor, betrachtete ihn zerstreut, warf Clairette, die ihn eindringlich und bittend ansah, einen kurzen Blick zu und steckte die Schlüssel wieder ein.

»Ich hab noch eine Verabredung«, sagte Jakobi ungeduldig. Clairette lächelte matt, es war, als würde sie etwas bedauern. Vielleicht ein Anflug von Melancholie, ihre Art, um Verzeihung zu bitten. Langsam griff sie in ihre Handtasche, ohne Jakobi aus den Augen zu lassen. Sie versuchte zu lächeln.

»Bist du absolut sicher, dass Mister Bryan heute fliegt?«

Jakobi streckte seine Hand nach ihr aus. Sie ergriff sie. Er zog sie näher zu sich und küsste ihre Wange. Er spürte, wie sich ihre Brust vor Aufregung wölbte.

»Absolut«, entgegnete er leise. Er drückte sie noch fester an sich. Clairette umklammerte Jakobis Körper und küsste ihn fest auf den Mund.

»Mein kleiner Marcel«, flüsterte sie. Ihre Stimme stockte. Marcel hielt sie fest.

»Unser kleiner Lucien«, stammelte Jakobi, doch seine Stimme versagte.

»Unser kleiner Lucien«, wiederholte Clairette und drückte Jakobi so fest sie nur konnte an ihren Körper. Sie hatten Sutter längst vergessen. Er liess es geschehen, er wusste, dass er gesiegt hatte. Er schien so etwas wie Anteilnahme, Mitleid zu empfinden. Er wartete geduldig, dass sich die beiden voneinander lösten. Doch Jakobi und Clairette hielten sich fest. Sie rieben ihre verweinten Gesichter aneinander und stammelten Worte, die für ihr Leben so wichtig gewesen waren.

Clairette lehnte ihren Kopf an Jakobis Schulter und schloss die Augen.

»Du weinst ja, Clairette.«

Zärtlich küsste Jakobi ihre verweinten Augen und streichelte ihr Haar. Als Clairette ihre Augen wieder öffnete, blickte sie in Sutters Gesicht. Er stand immer noch da, würdevoll vor seiner leeren Kaffeetasse. Er schien zu nicken, zu verstehen. Sie schaute ihm direkt in die Augen. Sie lächelte triumphierend, als sie das plötzliche Entsetzen in seinem Gesicht sah. Sutter hatte die Waffe in ihrer Hand bemerkt. Lautlos wich er zurück, zwei Schritte. Clairette küsste erneut Jakobis Lippen. Sie stieß den Lauf der Waffe in seinen Bauch und drückte ab. Jakobi sackte zusammen, der zweite Schuss warf ihn der Länge nach hin. Es war, als hätte soeben eine glühende Nadel seinen Körper durchbohrt. Sutter wollte sich zu ihm niederbeugen, aber Clairette hielt ihn davon ab. Sie schüttete den Cognac, den sich Jakobi bestellt hatte, in sich hinein, behielt die Flüssigkeit im Mund, warf den Kopf nach hinten und steckte sich den Lauf der Pistole zwischen die Zähne. Sutter hielt sich die Hände vors Ge-

sicht. Jakobi hörte den Schuss. Er sah nicht, wie Clairettes Kopf auseinander barst. Er spürte bloß den Aufprall
ihres Körpers auf seiner Brust. Jakobi dachte an die Blumenfrau. Er hatte sie nie geküsst, hatte ihr nie gesagt, wie
sehr er sie liebte. Es ärgerte ihn. Er wollte aufstehen,
wegfliegen, aber sein Körper blieb wie ein Klumpen Blei
liegen, und im Sterben sah er ein letztes Mal die Blumenfrau. Und küsste sie.

Aber es war nicht die Blumenfrau. Es waren Luciens
Lippen.

Ende

Textprobe

Roman

SCRIPT AVENUE, 640 Seiten

Erschienen 2014 im Wörterseh Verlag